足迹

张景高 著

湘潭大学出版社

图书在版编目（CIP）数据

足迹 / 张景高著. -- 湘潭 : 湘潭大学出版社，
2023.1
ISBN 978-7-5687-0896-8

Ⅰ. ①足… Ⅱ. ①张… Ⅲ. ①纪实文学—作品集—中
国—当代 Ⅳ. ① I25

中国版本图书馆 CIP 数据核字 (2022) 第 189848 号

足迹
ZUJI
张景高 著

责任编辑：刘禹岐
封面设计：悟阅文化
出版发行：湘潭大学出版社
社　　址：湖南省湘潭大学工程训练大楼
电　　话：0731-58298960 0731-58298966（传真）
邮　　编：411105
网　　址：http://press.xtu.edu.cn/
印　　刷：成都市兴雅致印务有限责任公司
经　　销：湖南省新华书店
开　　本：710 mm×1000 mm 1/16
印　　张：15.75
字　　数：230 千字
版　　次：2023 年 1 月第 1 版
印　　次：2023 年 1 月第 1 次印刷
书　　号：ISBN 978-7-5687-0896-8
定　　价：85.00 元

此书谨献给

澧州中医人成功创建三级甲等中医医院

敢为人先　守正创新　千古中医显本色

勇立潮头　乘风破浪　三甲桂冠耀澧州

踔厉奋发　笃行致远

2022 年，医院党委班子成员（从右至左：李太兵、郭克淼、郑飞鹏、李松柏、赵远怀、戴清华、高云平、谭宏波）合影

领导关怀

2015 年，原国家卫计委副主任、国家中医药管理局局长王国强（中）一行调研澧县中医药工作

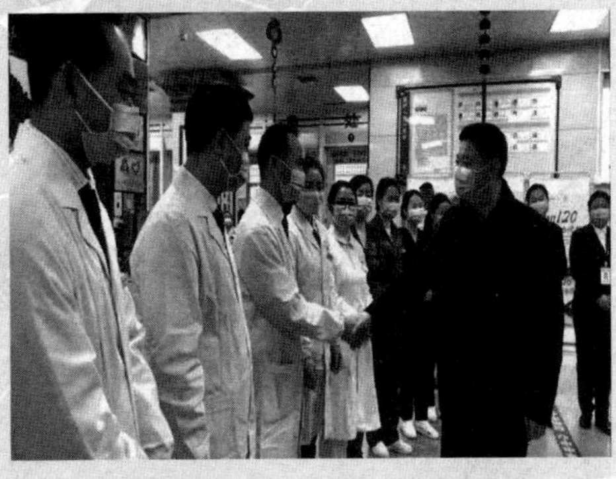

澧县县委书记王兆铭一行开展“2022 年春节下基层走访慰问”活动

2020 年，原澧县政协主席（右一）金贤松一行调研健康管理等工作

2020 年，原澧县县委常委、宣传部部长李阳（左二）一行春节慰问医务人员

疫情防控

2022 年，医院援"沪"医疗队驰援上海，共同抗击新冠肺炎疫情

2021 年，澧县新冠肺炎病毒疫情防控指挥部督导检查疫情防控落实情况

2020 年，医务人员为澧县隔离酒店隔离人员送免费预防"新冠"中药汤剂

2020 年，省防疫疾控专家熊焰（左二）一行莅临医院指导疫情防控工作

创建评审

2022 年，医院创建三级甲等医院誓师动员大会

2022 年，全院职工聆听创建三级甲等医院工作报告

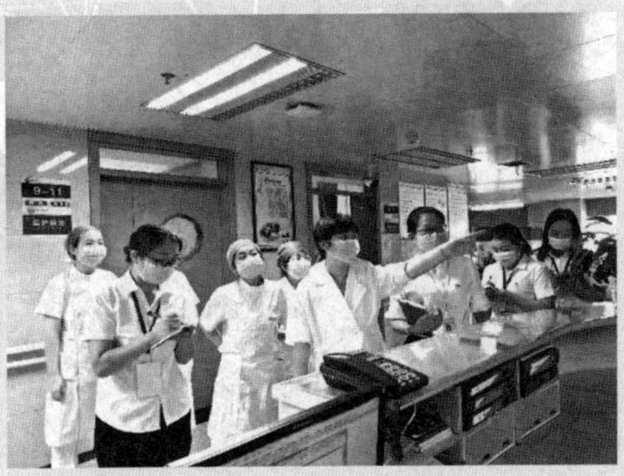

2022 年，湖南中医药大学第二附属医院护理部主任朱诗林莅临医院指导“三甲”创建工作

2019 年，澧县中医医院三级医院设置现场评估反馈会

基层党建

2021年，澧县中医医院党委书记赵远怀（中）带领全院职工庆祝中国共产党成立100周年

2021年，党委副书记、院长李松柏组织党员重温入党誓词

2021年，组织党员赴井冈山红色培训基地接受传统教育

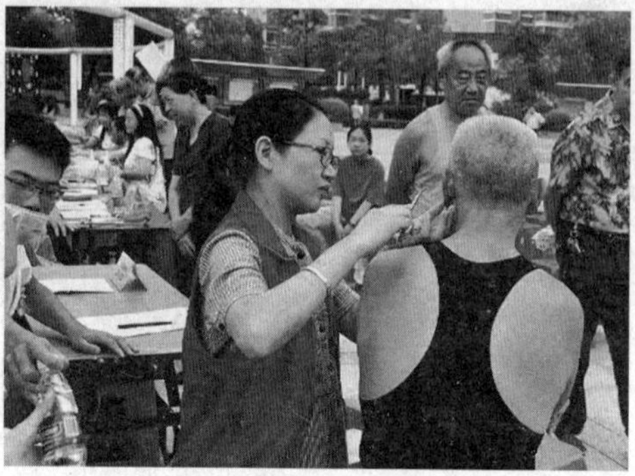

2018年，医院组织党员志愿者赴澧浦街道群玉社区开展为民服务活动

中医文化

2021 年，医院隆重召开第四届“中国医师节”表彰大会

2021 年，医院健康集团举办首届职工运动会

曲艺快板节目《扬帆起航铸辉煌》登上“2019 • 澧县春晚”，映入澧州千家万户

2019 年，医院代表队参加澧县庆祝新中国成立 70 周年活动并荣获歌咏比赛二等奖

首长寄语

品读这部作品集，作者真诚质朴的语言、清晰活跃的思维、精雕细刻的文字，读来让人感到亲切、真实、受益。从中能够看到作者做人做事的态度、风格和睿智。

这部作品集是作者在真实中饱蘸真情，传记中赓续传承。概而论之，这是一部散发泥土和青草芳香的书，是一部浸润汗水和青春梦想的书，是一部弘扬中医国粹和白衣天使大爱无疆的书，是一部彰显本色和蓝色情怀的书。

新闻作品集《足迹》即将付梓以飨读者，让人甚感欣慰。期望此作品集能与作者其他精品力作一道，成为广大读者的良师益友。

“时间不等人！历史不等人！时间属于奋进者！历史属于奋进者！”希望作者在创作的道路上，笔耕不辍，再接再厉，创作出更多、更好、更精的作品，勇担中医文化、湖湘文化的传播者。

——林延河，男，海军少将，原海军南海舰队政治部副主任

笔耕不辍创佳作（序）

2001 年，他凭着这张三级士官的“通行证”，回到了养育他二十多年的故乡。于是，他又有一个“新家”——澧县中医医院。在这个特殊的群体里，他犹如一名蹒跚学步的“伢子”，能够迈步从头越。他下过乡、支过农、扫过街，接过病员，乡村小道都布满了他的足迹。

2007 年，他任办公室主任，参加《中国中医药报》《大众卫生报》举办的新闻写作培训学习班及《城头山文学》创作笔会，他在新闻写作和文学创作这一块沃土里不断地吸吮乳汁和养分，默默笔耕，无怨无悔。每个病区都宣传报道过，被采访的医务人员上百人，有的是医学专家，有的是护士姐妹。20 年来，他多次参加过县委、县政府的中心工作；先后多次被评为“维护消费者合法权益”先进个人、“精准扶贫”先进个人；先后在十多家报刊上发表各类作品 1 000 多篇，其中省市级 200 多篇；被常德日报社评为“十佳优秀通讯员”2 次。

积德行善，乐于助人，是他的为人之道。帮助他人就是帮助自己，哪怕深夜亲朋好友的电话一响，随叫随到，毫无怨言。凡是来澧县中医医院看病或者住院的病人，他都会为他们热心服务：替患者找医生、带患者做检查或者抬上抬下，忙得不亦乐乎。每当探望住院病人时，他总是不忘买一些新鲜的水果。

佛家说：“救人一命，胜造七级浮屠。”2009 年，澧县小渡口镇沙河村一位名叫周慧的女孩，她患尿毒症在医院住院治疗，母女俩相依为命，连生活费都没有着落，更谈不上交昂贵的住院费。是他约好病人进行现场采访，含泪连夜赶写稿子，一气呵成，以最快的速度发往市级各媒体。3月5日，《常德民生报》用大半版的篇幅并配发照片的形式在《特别关注》栏目刊发他的稿子；《常德日报》以《苦难的母女，明天的路怎么走》为标题进行深度报道，引起市民的关注。于是，他马不停蹄地与市县残疾人联合会的相关领导进行洽谈，免费为周慧安装了价值3 000元的假肢，像这样的例子还有很多。他无不为社会弱势群体奔走呼号，摇旗呐喊，体现了一名从事新闻宣传工作者的职业精神和崇高的社会责任感。

团结同志，热爱集体，他特别善于发挥自己写作上的长处，积极撰稿，大力宣传医院的各项工作，是一位有担当的共产党员。自2016年至2019年他积极参加精准扶贫工作，深入基层，关心百姓疾病，帮助村民脱贫。当目睹新农村建设美丽画卷时，他激情万丈，连夜创作《情暖万家岗（组诗）》发表于《城头山文学》杂志，深受读者的好评。2020年新冠肺炎疫情暴发以来，他撰写《生命至上　用实际行动诠释“硬核”担当》等长篇通讯，讴歌白衣天使抗“疫”风采。2021年中国共产党成立100周年之际，他积极撰写5 000字的长篇通讯《75年辛勤浇灌　75年花开绚烂》发表在《常德日报》庆“七一”专刊上。

2022年，医院将迎接创建三级甲等中医医院的验收工作，他发挥自己的长处，夜以继日、加班加点，整理文稿，结集出版新闻作品集《足迹》，其主要目的是为医院的文化建设增光彩。从他的作品中，让读者目睹了澧州中医人的风采；让读者见证了医院的变迁与发展，这是澧县中医医院的一部“奋斗史”。新闻作品集《足迹》将永远鼓励奋斗者、激励后来人，勇毅前行，创造医院新的更大的辉煌。

虽然在人生的道路上没有圆他的“记者梦”，更谈不上在文坛上有一席之地，但他毕竟找到一条属于自己的人生道路。最难能可贵的是：参军时，他手持钢枪保卫祖国的海防；转业后，他妙手写文章颂扬白衣天使。正如他自己在《后记》中说：“以斗室为居、以键盘为伍、以孤独为伴、以清贫为乐，时常忙碌至深夜，虽心力交瘁，鬓发斑白，但这其间的酸、甜、苦、辣只有天地知晓，自己无怨无悔。”

2015年，他出版《五色海》；2022年，再次出版《足迹》，这是他对工作最大的回报。最后，我们衷心地期待他在艰辛的人生道路上，不忘初心，牢记使命，不负时代，不负人民，继续创作出更多更好的精品力作，以飨广大读者。

是为序。

澧县中医医院 党委书记 赵远怀

院　　长 李松柏

二〇二二年五月

目 录
CONTENTS

第一部分 橘井泉香

第二部分　杏林满园

第三部分　奋楫扬帆

第一部分 橘井泉香

牢记嘱托担使命 感恩奋进谋发展

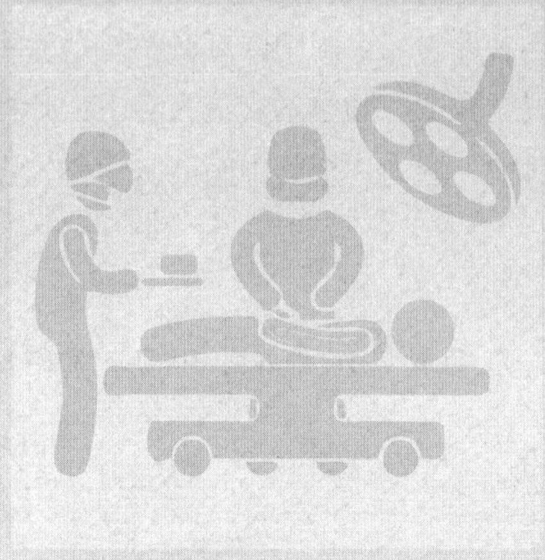

澧县中医院肛肠科获全国殊荣

11月3日，笔者从澧县中医院获悉，该院肛肠科日前被评为“全国中医肛肠学科先进名医工作室”，主任医师叶祚栋当选为中华中医药学会肛肠分会常务理事，肛肠科主任刘锋当选为理事。

澧县中医院肛肠科是该院著名专科，2008年9月获湖南省“特色中医专科”和常德市“临床特色专科”两项殊荣。早在2000年10月，叶祚栋主任医师就被中华中医药学会评为“全国中医肛肠学科名专家”。在今年召开的第五届理事换届会议暨全国肛肠学术交流大会上，叶祚栋当选为新一届常务理事，该院肛肠科被评选为“全国中医肛肠学科先进名医工作室”。

（原载2010年6月30日《常德日报》）

澧县中医医院迎接全国百姓放心示范医院考核验收

5 月 15 日至 16 日，湖南省医院协会组织 5 名专家教授莅临医院进行全国百姓放心示范医院现场考核。

专家组通过听取工作汇报，深入临床科室查、看、访、问，组织医务人员考试、社会满意度调查等形式，对医院开展全国百姓放心示范医院的创建工作进行了现场考核，专家组对医院在医疗护理质量、患者安全、诊疗流程、医院服务、医院管理、社会评价、参加百姓放心示范医院活动等七个方面的工作取得的成绩给予了肯定，并指出了不足，提出了建设性意见与建议。

据湖南省医院协会副会长曾春林介绍，他们是受中国医院协会的委托，将检查考核情况上报中国医院协会，统一公示，年底授牌。

在创建全国百姓放心示范医院考核验收过程中，县卫生局局长孟令军、局办公室主任彭金龙、护理专干将亚云参加陪同。

（原载 2013 年 5 月 18 日《常德日报》、澧县人民政府网）

湖南省中医药管理局局长邵湘宁一行赴澧县调研中医药工作

3月27日，卫生厅党组成员、省中医药管理局局长邵湘宁带领省中医药管理局医政处处长肖文明、综合处徐火红等一行来澧县调研中医药工作。

一是听取汇报。澧县卫生局党组书记、局长孟令军从中医药体系建设、中医药人才培养等五个方面汇报了全县中医药工作。二是组织座谈。来自澧县中医医院和澧县张公庙镇等三个中心卫生院的负责人针对“实施医改过程中如何发挥中医药作用？”等问题纷纷发言。县中医医院院长滕自觉在发言中说：“近年来，澧县中医医院基础设施建设快速发展，专科建设发展势头迅猛，肛肠科、脑病科（中风）、糖尿病科、眼科、针灸科等一批特色专科中医药特色优势明显，深受社会认可和患者喜爱。”在谈到对今后中医药发展的建议时，他说，目前澧县中医药氛围比较浓厚，但需要合理引导，确保中医药事业可持续健康发展；利用中医药学会这个平台，开展学术交流，充分发挥中医药在公共卫生服务中的作用；加大中医信息网络化建设的力度，确保祖国医学与现代医学发展同步，实现信息共享。三是深入临床调研。省中医药管理局局长邵湘宁一行亲临病区视察特色专科建设，他们每到一处，都详细了解病人需求，认真与医务人员交流工作经验。邵局长对澧县中医医院的工作给予了高度肯定，他殷切希望该院继续发挥中医特色优势，加大对基层卫生院中医药适宜技术推广培训力度，努力提高中医药的服务能力和水平，为澧县争创“全省中医药农村先进县”发挥主力军的作用。四是走访基层卫生院。下午，邵局长一行驱车前往澧县雷公塔镇中心卫生院和雷公塔镇岩头嘴村卫生室，实地察看了中医药服务能力及村卫生室中医药开展等情况。

常德市卫生局党委书记郑家火、副局长刘保湘、中医药管理处主任李传淑、澧县人民政府副县长张晓莲、卫生局局长孟令军、副局长李传栋、医政股股长赵远怀等全程陪同调研。

（原载 2014 年 4 月 1 日《常德日报》与《墨池文学》第 4 期）

国家中医药管理局局长王国强调研澧县中医药工作

11月20日上午，国家卫计委副主任、国家中医药管理局局长王国强率医政、基层、疾控等司局领导专家一行深入澧县中医医院糖尿病科、肛肠科、急诊科、中药房、煎药房等科室进行了广泛调研。

在听取澧县中医医院院长滕自觉的工作汇报后，王国强局长对医院的基础建设、中医药能力、急诊急救、优质服务等工作表示充分肯定；特别是对科室发挥中医药特色优势，提升综合服务能力和诊疗水平给予了高度评价。同时，他还针对中医临床路径，突出“简便验廉”等方面提出了一些宝贵意见。

省卫计委副主任、党组成员、省中医药管理局局长邵湘宁，市政府副市长陈华，市卫计委主任洪振海，市中医药管理局局长李传淑，澧县人民政府县长李育智，县委宣传部长罗慧、县卫生局局长孟令军等陪同调研。

（原载2015年11月29日《常德日报》、澧县人民政府网）

引入前沿先进新技术　开创介入治疗新篇章

今年澧县中医医院以“科技兴院”为主题，大力引进新项目、开展新技术、配置新设备，聘请中南大学湘雅二院心血管科主任医师、硕士生导师沈向前教授和河南郑州大学第二附属医院介入科主任、主任医师、硕士生导师冯广森教授开展心血管介入及外周血管介入手术，自 2016 年 2 月 27 日开始，历时 2 个月，开展介入手术近 100 例，真正让澧县的心脑血管疾病患者及适合外周血管介入患者足不出县，就能够享受到省级专家的医疗服务，深受患者的欢迎。

介入治疗是目前国内最新的一种微创新技术，是在医学影像设备的引导下，利用介入器材直接对患者病变部位进行诊断或治疗的一种治疗方法，具有疗效显著、性价比高、创伤小、不开刀、无痛苦、副作用少的特点。去年，澧县中医医院引进了飞利浦原装进口可移动式血管造影机 DSA（C 臂）、四维彩超、有创血压监护仪等先进的医学设备，培训专业技术人才，开设介入科，为医院的发展增添了后劲和新的活力。

目前，澧县中医医院在副院长秦勇的主持下，由心血管科主任、副主任医师李松柏牵头，副院长戴清华协调，各科室主任的通力协作，全员共同参与，已经成功开展了冠脉造影、冠脉支架植入；临时式或永久性起搏器植入；各种良恶性肿瘤的介入治疗、局部灌注化疗 + 供血动脉栓塞术（如肝癌的灌注化疗 + 栓塞、肝血管瘤的栓塞硬化术、宫颈癌、肺癌的灌注化疗）；子宫肌瘤、子宫腺肌症的栓塞治疗；脾功能亢进的部分脾栓塞术；各种消化道、呼吸道大出血的介入治疗等。

（原载 2016 年 4 月 27 日《常德日报》《华声微常德》等）

脱贫攻坚在前线　白衣天使助健康

4 月 25 日，澧县中医医院党委书记、院长滕自觉带领 19 名志愿者冒雨驱车前往澧县如东镇裕农村开展“脱贫攻坚进村入户七日集中行动”暨免费医疗服务活动，受到了该村村民的热烈欢迎。

“进村入户七日集中行动”是目前全县集中开展的一项中心工作，是脱贫攻坚的主要内容。村支书郭绍林向滕院长介绍了此次行动的方案，村妇女主任张英与医院 10 名志愿者分组进行走访调查。村民胡宏菊患有严重的帕金森病，说话时一双手颤抖得像“筛糠”一样。滕院长询问了其家庭及子女情况，认真填写了识贫访查表。临行前，还掏出 500 元现金递给了她，并嘱咐她及时到医院看病，告诉她可以申请办理《特殊慢性病鉴定证》，获批准后每年可报销 700 元医药费。胡宏菊老人被院领导的一片真情感动得热泪盈眶。

通过一天的走访、调查，中医医院共对接了 37 个贫困户，走访周边群众 100 户，较好地完成了县政府交给的中心工作任务。

在进村入户访查同时，医院抽调的心血管科、脾胃肺病科、糖尿病科、针灸推拿科、骨伤科、脑病科（中风）、B 超室、心电图室的一批医务人员，也在村部开展了义诊活动，并安排共产党员、糖尿病科护士长卢小玲进行糖尿病、高血压的早期发现与防治知识宣讲。对于卧病在床，不能前来就诊的患者，共产党员、内科医生黄生龙，共产党员、年轻护士李静静在村干部的引导下送医上门服务。白衣天使的热心服务，赢得了当地村民的高度赞扬。

（原载 2017 年 4 月 27 日《常德日报》、澧县人民政府网）

预防感染 “手”当其冲

——澧县中医医院开展手卫生比武活动

5月5日，第九个“世界手卫生日”，澧县中医医院组织了以“遏制抗生素耐药，掌握在你我手中”为主题的手卫生比武活动。

在医院党委书记、院长滕自觉热情洋溢的致辞中拉开了手卫生比武活动序幕。滕院长强调，预防感染，“手”当其冲；规范洗手，从我做起。手卫生工作是最基本、最有效、最方便、最经济的预防病原体传播的方法，也是降低医院感染率的重要保证，同时也是个人卫生和社会文明的重要体现。全院上下要以此次活动为契机，认真落实国家卫计委颁布的《医院感染管理办法》和《医务人员手卫生规范》，不断加强感控工作的责任意识和防控能力，养成良好的卫生习惯，不断提高医院感控工作管理水平，为成功创建“三甲”医院贡献力量。

在比武现场，66名由医生、护士、药师、收费、设备、行管、保安及物业工人等组成的22支代表队，经过卫生手消毒操作比武与手卫生相关知识抽考，产生了黄爱民、曾卫、傅祖烽、刘洁洁、彭海平、邹晓燕、刘幸、周瑶、廖俊国、叶珍英（手术室工人）等10名“手卫生之星”。外二科代表队获外科手消毒优秀团队奖，住院手术室获外科手消毒优秀组织奖，药剂科代表队、脾胃肺病科代表队、外二科代表队获团体三等奖，ICU代表队与手术室代表队获团体二等奖，内保代表队（设备科、保卫科、拓展部人员组成）获团体一等奖，对以上获奖的科室和个人表示祝贺。本次手卫生比武活动由院感科主任王小红精心策划，自三月份开始启动，全院 462 名人员（含医务人员、收费人员、安保人员、工勤人员与行管人员）均在卫生洗手操作考核上过关。

（原载 2017 年 5 月 9 日常德市卫计委网）

爱心点燃希望

——澧县中医医院为重症儿童募捐

5月19日上午，澧县中医医院门口人来人往，不时有路人停车驻足。通过了解，该院正在为一位患有重症病毒性心肌炎的儿童患者募集捐款。受捐儿童名叫曾安妮，女，12岁，家住澧县官垸镇鸟儿洲村3组。

一年前，一场突如其来的感冒引发了“重症病毒性心肌炎、心源性休克、心室颤动”，病情极为严重，好在抢救及时，在医院重症监护室的有效施救下才得以保住性命。晴天霹雳，这场变故给原本就不完整、且捉襟见肘的家庭带来了巨大的灾难。小安妮4岁那年父母离异，母亲狠心地抛下了她和小她两岁的弟弟，从此杳无音信。父亲除抚养年幼的姐弟外，还要赡养年近八旬的爷爷奶奶。父亲是个农民，平时靠南下打工维持一家的生活开支。一年来，小安妮先后在澧县人民医院、常德市第一人民医院、湘雅医院、武汉协和医院进行治疗，花费十几万，家里已无力继续承担高昂的医疗费用。目前，小安妮入住澧县中医医院心血管内科，她的病情为：心脏扩大、心功能Ⅲ级，伴有阵发性房颤。面对后期无法预料的高额治疗费用，一家人一筹莫展，陷入了绝望中。

一方有难八方支援，病魔无情人间有爱。澧县中医医院得知小安妮这一窘况后，先由医院内科党支部发起，后由医院党委组织，在医院显眼位置张贴募捐倡议书，并通过微信公众号、微信朋友圈发布募捐倡议书。5月19日，医院在门诊大厅门口设置募捐箱，向全院医护人员和过往行人募集善款。到当天下午发稿时，已募得爱心捐助 40 000 余元。募捐活动还将持续进行下去。

（原载 2017 年 5 月 19 日《常德日报》，与谭志鹏、宋燕合作）

爱国主义教育一直在路上

6月25日，澧县中医医院组织行政和门诊党支部37名党员来到爱国主义教育基地——韶山毛泽东主席的铜像前，缅怀领袖丰功伟绩，重温入党誓词，全体党员齐唱《中华人民共和国国歌》，这是对我们共产党员一次特殊的思想教育，也是保持共产党员先进性教育的一次思想升华。

在毛主席铜像前，澧县中医医院党委书记、院长滕自觉发表了热情洋溢的讲话，他强调说："我们医院正处在快速健康发展的战略机遇期，有大量的工作需要我们去做，有许多的困难和问题需要我们去解决。作为一名共产党员，我们要始终牢记党的宗旨，全心全意为人民服务，时刻保持党的优秀传统和作风，牢记入党誓词，坚定信仰，爱岗敬业，争当先锋，团结和带领全院中医人，适应新形势，展示新作为，进一步解放思想、与时俱进、脚踏实地、艰苦创业，不断开创医院各项工作的新局面，在争创'三甲'的工作中充分发挥共产党员的先锋模范作用，用我们的实际行动去展示共产党员的新形象，创造新业绩！为实现澧县中医医院的新跨越而努力奋斗。"

（原载2017年6月29日常德市卫计委官网，与胡祥合作）

市卫计委党委书记、主任李长春视察中医医院

7月12日，市卫计委党委书记、主任李长春在澧县政府副县长高波、县卫计局党委书记孟令军、县卫计局局长肖琳的陪同下视察澧县中医医院，医院党委书记、院长滕自觉就“医院建设、专科发展、中医特色、人才培养”及“三甲”创建工作进行了具体的情况汇报。

市卫计委党委书记、主任李长春充分肯定澧县中医医院近年来所取得的成绩，特别是对原人民医院旧址的整体划拨及与澧州医院的整合方案表示认可。他殷切地希望：新组建的澧县中医医院要乘势而上，全体中医人要团结一心，齐心协力，撸起袖子加油干，不断地发展、壮大自己，打造出澧水流域一流县级中医医院和常德区域内唯一的县级“三甲”中医医院。最后，李主任一行走进医院的眼科、外一科、外二科等病房，走访住院患者，慰问部分医务人员，勉励大家勤奋工作，努力为患者服好务，做一名真正无愧新时代的“白衣天使”。

（原载2017年7月15日常德市卫计委网，与胡祥合作）

“妙手仙丹”治顽疾

11月13日，患者钟大明康复出院了。前两天，他苦苦思索，想了一首七言八句的现代诗，以表达对澧县中医医院肛肠科全体医护人员的感激之情，并请人装裱一幅名为《谢与赞》的镜框，送给了该科医生和护士。镜框上写道：痔疮害我四十年，血泪之苦向谁言，感谢刘锋女神医，点赞周奕活神仙，妙手仙丹除痔魔，还我健康度晚年，澧县中医医院好，肛肠科室是模范。

钟大明今年74岁，患痔疮已40年。前不久，痔疮再次发作，疼痛难忍，日夜未眠。于是在老伴的陪同下走进了澧县中医医院肛肠科门诊部。科室主任刘锋热情地接待他，详细地询问了病史，并通过仪器进一步检查，发现是重度环状混合痔。10月28日，他住进了肛肠科19床，其主治医生是一位30出头的年轻人，名叫周奕。周医生和刘主任一样热情，为患者输液消炎，并于11月3日进行了手术，手术非常成功。术后每天输液2至3瓶。护理人员换药时运用独具中医特色的九华膏加麝香痔疮栓，效果非常好，使患者得了40年的顽疾很快得以康复。

（原载2017年11月15日澧县人民政府网）

澧县中医医院开展无偿献血成绩斐然

11 月 27 日，市中心血站前往澧县中医医院开展无偿献血活动，该院共有 60 名医务人员撸起袖子献了爱心。

近年来，该院高度重视献血工作，将献血工作纳入医院主要工作来抓，并明确一名副院长具体负责。院领导带头，全院各科室医务人员踊跃参与，以实际行动践行救死扶伤的崇高行为，赢得了社会良好的口碑。

据统计，五年来医院无偿献血者达 300 人次，献血量达 100 000ml，获国家级金奖 1 人，银奖 2 人，铜奖 1 人；省级金奖 8 人，银奖 6 人，铜奖 5 人，无偿献血工作在全市领先，多次受到市县表彰。

今年 3 月，一位骨折女性患者做手术时急需血浆，澧县中医医院重症监护室的医生孙波同志当场献血 300ml，及时为病人送上救命血，使手术得以顺利进行。

（原载 2017 年 12 月 4 日常德市卫计委网）

健康所系　生命相托

——澧县中医医院举行“急救技能竞赛”活动

12 月 28 日，澧县中医医院澧州院区党支部举行了一场别开生面的主题党日活动——徒手心肺复苏术与简易呼吸气囊使用技术操作的急救技能竞赛，11 名参赛选手经过一番激烈的角逐，澧县中医医院重症医学科兼急诊科主任马迎秋等 5 位评委一致评定：泌尿外科护士赵明明获一等奖，护士段祥丽和文雅获二等奖，护士孙杰丽、易法铭、游丽丽获三等奖，护士马珊珊、金静、刘德梅以及医生欧阳兰光、黄艺获优胜奖。

本次竞赛比武活动是贯彻学习党的十九大，落实上级党委关于“两学一做”学习教育活动，进一步坚定全体党员干部的理想信念，充分发挥共产党员的带头示范作用。同时，也是检验两院整合之后澧州院区急诊急救能力的提升，为建设一个在常德市区内更加有实力、有影响，更加受老百姓信任的新的澧县中医医院注入强劲的动力。

澧州院区管委会副主任李冬同志为本次竞赛比武活动致辞。他说，我们医务工作者是人民群众健康的守护神，要始终坚守“健康所系，生命相托”的誓言，秉承“以病人为中心，为质量为核心”的宗旨，以高度的事业心和责任感，恪尽职守，爱岗敬业，在工作中严格落实“十八项”医疗核心制度和操作规程，不断提升医疗质量和业务水平，努力为全县广大患者和老百姓提供优质的服务。

医院党委书记、院长滕自觉同志作了总结性的讲话。他指出，澧州院区党支部开展本次竞赛比武活动是两院整合后新中医人再一次渐融渐密，700多颗心渐合渐亲的结果。他强调，新的澧州中医人要在党的十九大精神指引下，进一步解放思想，充分发挥两院区“七大中心”的特色优势，即微创中心、介入中心、眼科中心、疼痛中心、健康管理中心、血吸虫（晚期）治疗中心、澧州司法鉴定中心，努力提高澧水流域中医药服务能力。

（原载2018年1月2日常德市卫健委网）

澧县中医医院举行“首届医师节”颁奖晚会

8 月 17 日晚，澧县中医医院举办颁奖晚会，庆祝 8 月 19 日首届“中国医师节”。县、局领导和两名少先队员一起为“十佳医生”、5 名学科成就者、10 名最美基层健康守门人分别颁奖、献花，县人民政府副县长、县卫健局党委书记高波等领导出席会议，并为优秀团队颁奖。

颁奖晚会上，医院党委书记、院长滕自觉代表医院党委、医共体理事会发表了热情洋溢的致辞，向全院医生致以节日的问候和崇高的敬意。他指出，医院举办首届颁奖晚会，主要是表彰先进，树立典型，营造“学先进、赶先进、争当先进”的良好氛围，增强 700 多名中医人的凝聚力、向心力和创造力，呼吁全社会尊医重卫、敬佑生命，共享健康。

晚会现场分别播放了获奖者的优秀事迹视频，主持人宣读颁奖词，“十佳医生”获奖者（熊平、黄春连、何水平、朱洪林、吴学乾、孙波、杨丽萍、董翠英、付炯、孙杰丽）和“5 名学科成就奖”获奖者（秦勇、何兵才、李松柏、李冬、孙逢清）分别发表获奖感言。

医共体成员单位 10 名最美基层健康守门人分别是：刘清祥、李小英、周乃英、胡涤非、周小华、李元林、曹鹏、赵庆生、柏华、关惠。

医院领导、中层骨干、临床科室医生及家属、县直、乡镇代表 1 000 余人欢聚一堂，共同庆祝这个属于医生们的节日。

（原载 2018 年 8 月 20 日《常德日报》，与医务部合作）

澧县中医医院迎来三级医院设置现场评估

10月17日至18日，湖南省中医药管理局组织评估专家组对澧县中医医院三级医院设置进行现场评估。省评估专家组分成院感组、管理组、重点专科组、临床组、护理组、药学组等6个组，到相关科室就中医药服务能力和综合服务功能两大部分23项核心指标内容进行了真实、客观地评估考核。

10月18日下午，省中医药管理局医政医管处副处长蔡宏坤主持召开现场评估反馈会。评估专家组组长、湖南中医药大学第一附属医院党委书记刘平安等专家高度肯定澧县县委、县政府对中医药事业及中医医院发展的重视，认为澧县中医医院创建措施得力、定位准确、成效显著。对创建工作中存在的问题和不足，专家们也提出了具体的意见建议。专家组一致认为，澧县中医医院符合三级医院变更设置标准，将上报省级主管部门审批。

省中医管理局医政医管处副处长蔡宏坤充分肯定了医院在三级医院创建中取得的成绩，要求医院下阶段工作要认真对照《三级中医医院评审标准（2017年版）》，瞄准创建三级甲等中医医院的目标，持续在发挥中医药特色，提高综合服务能力与加强医院管理上发力，始终保持中医药发展的战略定力，充分发挥中医药的“三个作用”，凝聚中医药发展共识，坚持中医药文化统领，开展与医院功能定位相适应的诊疗服务。加快医院信息化建设，不断改善诊疗环境，改进服务流程，完善绩效管理，在健康澧县的建设中取得更好的成绩。

医院党委书记、院长滕自觉在反馈会上表态，医院将认真听取各位领导和评审专家的意见和建议，拿出切实可行的措施认真整改，进一步坚定中医为主的办院方向，进一步加快人才队伍建设，进一步提升综合服务能力，进一步加强重点专科建设，进一步加大科研教学力度。

澧县人民政府副县长高波在发言时表示，澧县将以此次现场评估为契机，切实把人民健康放在优先发展的战略地位，进一步加大政府对中医事业及中医医院发展的倾斜力度，督促县中医医院坚持问题导向，主动对标对表，细化举措务实整改，抓常抓长巩固成效。

县卫健局党组书记谭斌、肖琳局长、李传栋副局长以及县中医医院全体班子成员、中层骨干共计 120 人参加三级医院设置现场评估反馈会。另外，祁阳县中医医院和华容县中医医院的医生来医院观摩学习。

（原载 2019 年 10 月 18 日澧县人民政府网、法周融媒、今日头条、澧县电视台、《常德日报》《城头山文学》等多家媒体，与戴清华、谭宏波合作）

谱写党风廉政建设新篇章

为进一步规范采购、设备耗材、药品的使用与管理，增强医务人员廉洁风险防范意识，9月7日，医院召开党风廉政建设工作会议，决定建立防腐败长效机制，不断提高医院反腐倡廉工作科学化、制度化和精细化管理水平。

会议由医院党委副书记、副院长戴清华主持。会上回顾总结今年元月至8月党风廉政建设工作所取得的成绩，一是狠抓全面从严治党，坚定了干部职工“守初心、担使命”的理想信念；二是深化行风建设，规范了医务人员职业行为；三是加强警示教育，提高了党员干部的规矩意识；四是强化纪律监督，全方位开展了监督检查。下半年，将继续强化政治监督，强力推进全面从严治党工作，特别是在医院的采购、财务、价格、成本、运营、绩效的管理等方面，要进一步加大管理和监督力度；要压实“两个责任”和“一岗双责”，强化制度建设，切实将党风廉政建设工作落到实处；要持之以恒，继续抓好医院行风建设；开展纪检专项监督活动，不断强化监督执纪力度。

会上，副院长何兵才就当前如何防范廉政风险谈了三点意见，一是提高廉洁自律的意识；二是增强职业道德修养；三是加大违纪人员的处罚力度。分管采购工作的副院长郑飞鹏结合政府采购，全面解读了《廉政风险防控十大要点》，对医务人员的廉洁行医提出了具体要求。医院党委书记、院长滕自觉讲话，他指出，这次党风廉政建设会，实际上是一次“集体约谈”，希望大家透过现象看本质，举一反三，达到事半功倍的效果。他强调，开展廉洁风险防范工作，是医院抓管理、带队伍的有效方法，也是履行党委主体责任和纪委监督责任的有力抓手。广大医务人员要以中共中央“八项规定”，原国家卫生计生委、国家中医药管理局联合制定的《加强医疗卫生行风建设“九不准”》和常德市原卫计委出台的《医疗机构十项行为规范》等为基本内容，在广大医务人员中深入开展“六项”教育，增强医务人员的责任意识和廉洁自律意识。同时，探索开展院企共建，建立《供货商诚信管理》《药品临床使用疗效综合评价》等制度，完善惩防体系建设，防范廉洁风险。希望全院干部职工统一思想，提高站位；敬畏法纪，守住底线；优化环境，整章建制。

会上，外科医生代表黄爱民副主任、设备科杨晖和李俊等3位医务人员分别就廉政风险防范工作进行了表态发言。与会的院领导、中层骨干及360余名医务人员向医院党委递交了《廉政风险防范承诺书》。

（原载2020年9月10日《常德民生报》，与孙晓芝合作）

常怀赤子之心　不忘桑梓之情

——澧县中医医院“以澧为荣，名医专家下基层”活动启动

旨在以澧县中医医院为载体，以慢病管理为切入点，达到提升家乡基层卫生服务能力和家乡人民健康水平的目的，11 月 7 日，澧县中医医院隆重举行“以澧为荣，名医专家下基层”启动仪式，科室医务人员代表、基层医疗单位业务骨干、卫生室人员代表 150 余人参加，启动仪式由医院党委委员、副院长李松柏主持。

医院党委书记、院长滕自觉致辞，他指出：我们要以这项活动为起点，认真落实县委提出的“迎老乡、回故乡、建家乡”开放大气的发展战略，积极推动这项工作向更高更深的方向发展，吸引更多从澧水流域走出去的名医专家参与到这项活动中来，希望我们基层的广大医务工作者，抓住难得的学习机会，认认真真地学，不断提升为人民服务的本领，为澧县人民的身体健康做出自己应有的贡献。

卫健局党组成员、副局长李传栋代表卫健局对远道而来的专家教授表示欢迎，对他们赤诚的桑梓之情表示敬意，对活动的开展表示祝贺。他肯定了澧县中医医院举办这项活动，是适应新形势，迎接新挑战做出的重要举措，是立足于澧州百姓长远健康目标搭建的珍贵平台。

启动仪式后，长沙市第一医院内分泌代谢科主任皮银珍教授主讲的《糖尿病的治疗方案及案例分享》和中南大学湘雅二医院黄贤圣副教授主讲的《心肌梗死的诊断模式与现代分类》，让参与者受益匪浅。

此次“以澧为荣，名医专家下基层”活动是由澧县籍人士刘夕语女士发起，组织一批从澧水流域走出的湖南名医专家，利用休息时间，通过义诊、讲学的形式回馈家乡父老。

每个人内心深处总有一份故土情结，经岁月浇灌，时光滋养，历久弥新，永不褪色。常怀赤子之心，不忘桑梓之情，是我们中华民族一大传统美德。相信不久的将来，随着越来越多的专家、教授的回归，“以澧为荣，名医专家下基层”活动实现枝繁叶茂将会指日可待！

（原载 2020 年 11 月 9 日《法周融媒》，与唐元梅、田蓉蓉合作）

澧县中医医院承办卫健系统“西学中”培训

为培养高质量的中西医结合人才队伍，湖南中医药高等专科学校与澧县卫健局联合举办“西学中”培训班，于12月4日在澧县中医医院举行了开班仪式。

湖南省中医药管理局副局长倪友新、湖南中医药高等专科学校党委副书记、校长陈燕、澧县人民政府副县长宋化丽、澧县卫健局党组书记、局长蒋立勇等领导同志出席开班仪式并讲话。

澧县政府副县长宋化丽在讲话中指出，中医药是中华传统文化的璀璨明珠，湖南省中医药管理局领导高瞻远瞩，推动澧县卫健部门与湖南中医药高等专科学校合作，共同举办卫健系统“西学中”培训班。同时希望全体学员认真学习中医药的治疗理念和中医药适宜技术，真正把老祖宗留下的宝贵财富继承下来，发扬光大。

据悉，此次“西学中”培训班周期为两年，117名学员是来自澧县各医疗机构的西医骨干。培训采取“面授与自学相结合”的方式，一年半时间集中进行中医药基础理论、基本知识的学习。半年时间，进行中医临床跟师学习，全部课程结束、考核合格后取得“西学中”结业证书。开班仪式由医院办公室主任向雅庆主持，医院领导班子成员及117名学员、二层骨干等共计150余人参加。

（原载2020年12月5日《城头山视窗》贺岁刊，与李然兵合作）

患者送锦旗称赞中医医院“医德高尚　医术精湛”

日前，澧县澧南镇乔家河社区一对年轻夫妇专程来到澧县中医医院妇产科，将一面锦旗交给主治医师张连春及科室医护人员，称赞该科医务人员“医德高尚，医术精湛”。

这对夫妇丈夫姓揭、妻子姓陆。夫妻俩一直在深圳市宝安区某公司上班，26 岁的陆某于 2020 年 2 月怀孕，12 月 7 日来医院生产，妇产科主治医师张连春热情地接待了她，并为她做了彩超等一系列检查，B 超显示：宫内单活胎，头位右枕前，胎盘功能三级；羊水量正常，可能有胎儿脐带绕颈。12 月 11 日，“准妈妈”陆某入院，经过主治医师张连春再次为她完善了相关检查，发现胎儿持续性枕横位，自然分娩已很困难。经科室会诊讨论，科室主任黄春连决定为“准妈妈”行剖宫产术。15 日 14 时 30 分，妇产科的医生通过手术分娩出一名重 4 000 克的活男婴，术后予以抗感染、补液、促进子宫康复治疗，产妇一切安好。

一周后，陆某康复出院，她高兴地告诉笔者：“中医医院妇产科团队意识强，特别是主治医师张连春在本职工作中认真负责，恪尽职守，处理问题果断，是一位好大夫。产后，她还多次利用休息时间前来病房探视，如同亲姐妹一样嘘寒问暖，对我有求必应，为俺产后康复发挥了决定性作用。因此，我决定做一面锦旗感谢她。”

（原载 2021 年 1 月 4 日《常德日报》、澧县人民政府网）

开启创建三级甲等中医医院新征程

2月4日，澧县中医医院健康集团在行政楼五楼会议室召开2021年工作大会。县人民政府副县长宋化丽，县卫健局党组书记、局长蒋立勇出席会议，健康集团成员单位负责人、医院全体班子成员、中层骨干及科室代表等共200余人参加会议。会议由医院党委副书记、副院长戴清华主持。

医院党委书记赵远怀同志在主题报告中从坚持党建引领全面发展、团结抗疫彰显中医精神、突出特色综合服务能力进一步提升等八个方面总结回顾了2020年度医院工作。医院全年接诊门、急诊病人26万余人，收治住院病人37 750人，完成各类手术8 000余台次，总收入2.98亿元。2020年是极不平凡的一年，全院职工众志成城、共克时艰，打赢了一场没有硝烟的战“疫”，为抗击疫情做出了积极贡献。2021年是建党100周年，也是“十四五”的开局之年，医院将紧紧围绕创建三级甲等中医医院这一目标，以实施“医院能力提升工程三年行动”为主线，从“坚定发展方向，强抓基层党建；对照‘三甲’标准，狠抓能力提升；优化政策，构建精良的人才队伍；开展精细化管理，推动医院整体发展；走差异化路线，打造特色中医集团；做好公益事业，持续强化社会担当”等六个方面下硬功夫，以“实干家、排头兵、奋斗者”的姿态，凝心聚力、真抓实干，为澧县医疗卫生事业发展做出更大的贡献。

党委副书记、院长李松柏同志宣读《澧县中医医院能力提升工作三年行动实施方案》。党委委员、副院长郑飞鹏同志宣读关于澧县中医医院2020年度先进科室及先进个人表彰通报文件并主持颁奖。医共体成员单位代表——城头山镇中心卫生院支部书记孙勇、医院医务科主任谭宏波、重症医学科主任兼急诊科主任马迎秋、临床服务中心副主任李林君、大内科护士长宋燕、放射科主任何水平等6位代表围绕医共体建设、“能力提升工程三年行动”等方面作了表态发言。

县卫健局党组书记、局长蒋立勇同志在讲话中充分肯定医院2020年工作取得的成绩，特别是对近段开展的党风廉政建设专项整治工作提出了“醒脑、补气、刮骨”的具体要求。同时强调医院要紧紧围绕2021年工作目标，弘扬“为民服务孺子牛、创新发展拓荒牛、艰苦奋斗老黄牛”的“三牛”精神，圆满完成每一个目标，推进医院建设更快更好地发展。

县人民政府副县长宋化丽同志代表县政府向获得表彰的先进科室、先进个人表示热烈的祝贺！向一年来辛勤工作、奋战在医疗卫生战线的全体医务人员致以崇高的敬意！强调要在“七个一”方面下功夫，即坚持一种情怀、紧盯一个目标、凝聚一份责任、探索一项改革、完善一项制度、实施一项工程、强化一个保障。全体干部职工同心同德、凝心聚力，努力实现医院高质量发展，为健康澧州做出更大的贡献！

（原载2021年2月5日澧县中医医院网，与戴清华、向雅庆合作）

春节期间 县领导李阳、宋化丽慰问医务人员

2月8日下午，澧县县委常委、宣传部部长李阳，澧县人民政府副县长宋化丽，澧县人民政府办副主任胡建华，澧县卫健局党组书记、局长蒋立勇等一行来到澧县中医医院开展春节前夕走访慰问。医院党委书记赵远怀，党委副书记、院长李松柏及其他院班子成员、相关行政职能科主任等陪同慰问。

李阳一行首先来到健康管理中心，详细了解医院健康管理中心工作流程及运行情况，要求我们进一步规范流程、提升服务、加大宣传。随后深入一线妇产科，与现场的医护人员一一握手、交谈，感谢大家在过去的一年里取得的成绩及春节期间的值班坚守，祝愿大家新春快乐！在新的一年里，元气满满、幸福满满、收获满满！同时在病房慰问了部分病友。李阳强调，在春节来临之际，返乡人员增多，给医院疫情防控带来了一定困难，医务人员在节假日期间会倍加辛苦，大家一定要恪尽职守，确保全县人民过上一个欢乐祥和的新春佳节。县卫健局党组书记、局长蒋立勇代表县卫健局党组慰问了澧县最美医务工作者马迎秋。

医院党委书记赵远怀代表全院干部职工对县委、县政府及上级主管部门的关心、关怀表示感谢，并表示医院将全面提升综合服务能力，力争各项工作再上新的台阶，为全县人民的健康做出更大的贡献！

（原载2021年2月8日常德民生在线网，与戴清华等合作）

澧县政协“走”基层　调研卫生健康服务工作

2月25日上午，县政协党组书记、主席金贤松一行到澧县中医医院就卫生健康服务体系——体检服务工作开展调研。金贤松主席一行在医院党委书记赵远怀等同志的陪同下参观了医院健康管理中心，召开专题座谈会，座谈会由县政协副主席、县文联主席杨钢主持。

座谈会上，赵远怀针对目前医院发展现状、健康管理中心存在的短板、新建健康管理中心的规划布局及发展思路进行了详细的汇报。赵远怀表示医院将进一步加强健康管理人才队伍建设；充分发挥健康管理与中医养生相结合的优势；健全激励机制，充分调动工作人员的工作积极性，通过一系列的改进措施，将澧县中医医院健康管理中心打造成高标准、具有中医特色的健康管理中心。

卫健局党组书记、局长蒋立勇在座谈会上对中医医院健康管理中心的建设提出了宝贵意见。他指出，医院要进一步优化体检流程，细化体检套餐，加强信息化建设，更重要的是要充分利用中医医院的优势，把健康体检和“治未病”相结合，突出中医特色。

县政协副主席、县文联主席杨钢指出体检中心建设要做到“三个结合”，一是经济效益与社会效益相结合，树立为民服务的初心；二是中医与西医相结合，立足中医本源；三是内部竞争与外部竞争相结合，打造体检中心品牌。

县中医医院党委副书记、院长李松柏，党委副书记、副院长戴清华，健康管理中心主任王娟，医务部主任谭宏波，质控科主任杨军，护理部主任张春芳，B超室主任丁淑平就如何发展医院健康管理中心进行了发言。

县政协主席金贤松在讲话中指出，他感受到医院新的领导班子思路清晰，工作有激情，敢担当，敢作为，改革决心大。与此同时，希望医院领导班子珍惜来之不易的发展成果，清醒看到目前存在的短板，努力提升医疗、服务、管理及保障四种能力，加强医院人才队伍培养，打造澧水流域一流的中医医院。特别是针对健康管理中心建设方面，他强调医院要有营销理念、一站式的布局、先进的检查设备、专业的医护人员、优质的体检服务、为民的情怀和智能化的管理系统，将健康管理中心做大做强的同时突出中医特色。

（原载2021年2月26日澧县政府网、澧县中医医院网，与宣传科合作）

合力脱贫攻坚　共谋乡村振兴

4月1日，澧县中医医院党委书记赵远怀带领9名工作队员前往新农村建设点村澧县码头铺镇万家岗村周家屋场，与村民们聚集一堂，共同谋划“十四五”期间乡村振兴发展大计。

下午3时，周家屋场人头攒动、热闹非凡，村民纷纷落座。该院纪委书记高云平向村民们传达了市委提出的讲清楚严禁耕地抛荒、讲清楚保护农村人居环境、讲清楚禁止非法捕捞等“十个讲清楚”，及时传递市委、县委农村工作会议精神。

村党总支书记徐国平畅谈了5年来新农村建设工作取得的成绩，安排了今年乡村振兴的具体工作，展望了村里“十四五”发展规划目标，村民们耳闻目睹、感同身受，越听越兴奋。

近几年，澧县中医医院投入数十万元，帮助该村22户65人脱了贫。针对国家提出的乡村振兴这一重大战略，结合村里的实际，县中医医院党委书记赵远怀表示，作为新农村建设的后盾单位，我们坚决落实上级指示精神，充分发挥人民群众在“三农”工作中的主体责任，协助万家岗村“十四五”开好局、起好步；我们一定深入联系群众，认真履行职责，为乡村振兴助力，为老百姓的健康保驾护航。

90分钟的屋场会，60余名村民踊跃参加，医院领导带头谋划振兴发展大计，市党代表和县政协委员积极建言献策，现场掌声不息，气氛活跃融洽，俨然绘成一幅新农村建设的春景图。屋场会的成功召开，标志万家岗村振兴发展好的开端，预示着村民们的生活越来越红火。

（原载 2021 年 4 月 7 日《常德日报》，其标题为《屋场会上谋发展》；4 月 12 日湖南省中医药管理局网）

澧县中医医院卒中联盟获省级专家认证

为建立科学的急性脑血管病救治体系，提高急性脑血管病救治成功率，提高卒中防治技术及管理水平，推动全省卒中中心建设，7月8日，湖南卒中联盟专家组领导李罗清教授一行5人，对澧县中医医院卒中中心建设情况进行了现场认证。县卫健局党组副书记、副局长李传栋、120急救中心主任蒋亚云、医院党委书记赵远怀、党委副书记、院长李松柏、专家班子成员及卒中中心相关科室负责人陪同检查。

现场评估验收通过实地检查资料、听取汇报、现场反馈相结合的方式开展。对医院卒中中心建设的基本条件、组织管理、设备配置以及诊疗技术要求、卒中急诊救治和信息化建设、质量评价与持续改进、教学与培训等进行现场评估。随后专家组深入急诊科、神经内科、神经外科、CT室、介入室，通过对绿色通道的现场查看、访谈人员等多种形式，对医院卒中中心体系建设与管理、多学科诊疗与协作、绿色通道搭建与运行、健康管理与随访及卒中信息化建设等情况进行了全面督导检查。

医院党委副书记、院长李松柏用PPT的形式介绍了医院基本概况及在卒中中心建设中医院在组织管理、人员培训、技术开展、健康管理与随访宣教等方面所做的工作，并对存在的问题、改进措施及下一步工作重点做了全面梳理。在反馈会上，专家组成员对医院卒中中心基本框架、绿色通道、技术水平、神内外专业培训中的各项工作的亮点表示认可和肯定。

同时，李罗清教授作为专家组组长对存在的问题提出了具体的意见与建议，并表达对未来澧县中医医院卒中中心建设的美好期冀。

医院党委书记赵远怀表示，医院将按照专家组提出的意见进行认真整改，进一步优化流程，加大实施力度，建立完善脑卒中预防、治疗体系，加强心脑血管疾病救治能力建设，让卒中患者享受更快捷、高效、优质的服务，为澧县百姓的生命健康保驾护航。

（原载 2021 年 7 月 8 日澧县中医医院网，与宣传科合作）

抗击“德尔塔”病毒　澧县中医人冲锋在前

8月初，湖南省内发现多起感染“德尔塔”病毒的病例，新冠肺炎聚集性疫情反弹，形势十分严峻。按照市县疫情防控指挥部的各项要求，澧县中医医院统一部署、统筹调度，抽调多个科室医务人员参与抗疫斗争，全力以赴把疫情遏制在萌芽状态。

在核酸检测点，工作人员每天都穿着厚重的防护服，戴着双层口罩和紧贴着的医用手套，为2 000名群众进行咽拭子采样。工作人员往往要在36℃以上的高温下连续工作6个多小时，为了让群众早点进行核酸检测，他们为了不去上厕所强忍着口渴，这对他们的身体、耐力是极大的考验。

换班后，当他们脱掉防护服时，都是一个模样：浑身上下湿得透透的、脸上勒痕又深又重、双手泡得发白发皱。即便这样，也没有一个人叫苦。

在采集一线工作的护士徐菲说：“德尔塔变异病毒传染性强，为了防止交叉感染，我们必须做好各项防护措施，这么热的天，穿上防护服就像蒸桑拿一样，但现在是特殊时期，再苦再累也要坚持。”

在检验科，为尽快查明核酸检测结果，一收到检测样本，工作人员就马不停蹄地开展工作。顾不上吃饭、喝水、上厕所，一工作就是一整天，坚持不下火线。检测结果全部出来后，尽管饥肠辘辘、浑身酸痛，但他们却露出了“值得”的笑容。

常德市自疫情发生以来，澧县中医医院已累计进行核酸检测 6 000 余人次，出具检测证明 6 000 余份，以精准的检测为疫情防控贡献力量。

为了让前来的群众愿检尽检，医院不断进行采样流程优化，现开设核酸标本采样点 4 个，对持有绿码的居民、黄码的居民、发热门诊就诊病人、住院病人及陪护等分区采样，充实检测一线力量，医院全员 800 多名职工取消所有休假，参与疫情防控各项工作。越是危急时刻，越要精诚团结。

在做好核酸检测的同时，医院还严格落实首诊负责制、抓好院感防控工作，加强重点岗位人员防护，强化环境和物品消毒，细化各个环节防控措施，切实构筑有效防疫屏障。

在临床一线指导疫情防控工作的医院党委书记赵远怀表示：抗疫就是大考，关键时刻必须彰显关键担当，不管遇到什么困难，我们一定要团结一心，共克时艰，履职尽责，忘我奉献，用实际行动确保医院的稳定。

（原载 2021 年 8 月 5 日《常德日报》，与阳盈民合作）

情跨雪域高原

——汤祚新医生启程援藏

栉风沐雨征程远，一声号角起新航。8月29日，澧县中医医院肾病风湿科副主任汤祚新赴西藏山南市隆子县人民医院，开展对口帮扶工作。

出发前夕，医院举行座谈会，院领导再三叮嘱汤医生，希望他照顾好身体，有任何困难及时向医院反馈，医院一定竭力做好各项后方保障工作，并强调要做好对口帮扶的各项工作，把医院的治疗技术等带到西藏隆子县，践行医者初心，服务百姓健康，要把人民健康放在心中，全力推进基层服务能力建设。

此次援藏任务为期一年。尽管面对高原恶劣的自然环境和陌生的语言环境，尤其是在缺氧的条件下，作为退伍军人的汤祚新表示继续发扬我军艰苦朴素、听党指挥、能打胜仗、作风优良的传统，继续弘扬医务人员救死扶伤、无私奉献的大爱精神，传承医者仁心、医德高尚的品德，把自己精湛的医术和良好的医德惠及藏区患者，汤医生舍小家为大家，其大爱情怀的正能量激励着澧县中医医院全体医务工作者。

据悉，2019年至2020年医院外科医生舒声勇援藏一年。此次常德市6名专家一同前往，开展新一轮的援藏对口帮扶工作。

（原载2021年8月29日常德市卫健委网、澧县中医医院网，与宣传科合作）

勇于担当　廉洁行医

——澧县中医医院召开“清廉医院”建设工作启动会

10月26日下午，澧县中医医院召开清廉医院建设工作启动大会，医院领导班子、全体中层干部、班组长、各科室医护代表共150余人参加。县政府副县长宋化丽、县纪委常委韩英俊、县政府办副主任胡建华，县医保局党组副书记、副局长罗军，县卫健局党组副书记、副局长李传栋出席会议，会议由医院党委副书记、副院长戴清华主持。

医院党委委员、纪委书记高云平做2021年医院廉政建设工作报告，主要汇报了2021年医院纪检监察工作情况以及今后的工作思路。党委副书记、院长李松柏宣读《澧县中医医院清廉医院建设三年行动计划》。骨伤二科主任胡水清、肿瘤血液科主任徐新平做认真落实“清廉医院”建设工作的表态发言。

医院党委书记赵远怀结合当前医院工作，对全院职工提出了三点要求，要求全院职工要以更高的政治站位，将思想和行动统一到清廉医院建设工作中；以更严更实的工作举措，把清廉医院建设落到实处；要厚植清廉医院建设的土壤，推动清廉医院建设长效机制。同时他指出做好清廉医院建设工作责任重大、使命光荣，医院全体干部职工必须严格按照县委、县政府、县纪委的统一部署，坚定信心、积极作为，强化组织保障，狠抓监督落实；勇于担当、廉洁行医，做人民健康的忠诚卫士，为健康澧县建设提供坚强保障，为澧县清廉医院建设做出实际贡献。

县医保局党组副书记、副局长罗军强调，医保基金是人民群众的“救命钱”，国家对欺诈骗保、套保或挪用贪占各类社保资金的违法行为实施零容忍。希望医院提高站位，强化认识，充分抓好党风廉政建设；细化措施、落实责任；建立机制、确保实效。

县纪委常委韩英俊从深刻认清形势、全面压实责任、统筹分步推进、严肃责任落实四个方面进行强调讲话，并要求大家在工作中力戒形式主义、官僚主义，真正压实“四个责任”及全院干部职工的参与责任，让清廉医院建设深入一线，扎实落地。

副县长宋化丽强调，清廉医院是清廉湖南建设的重要内容，也是医院党风廉政建设的实际需要。医院党委要全面理清主体责任，把清廉医院建设作为党委重要工作来抓；医院纪委要切实履行监督职责，充分发挥好自身监督责任；基层党组织要把清廉医院建设作为基层党建工作的重点内容；每一个干部职工要时刻谨记自己的责任，严格遵守医院规章制度。同时他指出医院要搞好清廉医院建设要在“改”字上做文章，要大胆改革，开拓创新；要在“公”字上下功夫，坚持以人民为中心，以健康为中心的理念；在“严”字上动脑筋，要通过严密的制度，严格的执行，严厉的惩治，让清廉医院建设建立长效机制；在“实”字上想办法，党建工作要更实，建立健全党建工作体系，突出党建工作特色。

全体中医人表示，我们将以高度的政治责任感和历史使命感，以清为美，以廉为荣，以更加振奋的精神、更加坚决的态度、更加有力的措施、更加扎实的工作，为打造党风清正、院风清朗、医风清新的清廉医院形象而不懈奋斗，为推动医院高质量发展贡献自己的力量。

（原载 2021 年 10 月 26 日澧县中医医院网，与纪检监察办合作）

李松柏、向银生获“澧县劳模”“澧州工匠”荣誉称号

10月28日，澧县第七次劳动模范和先进工作者暨第三届“澧州工匠”颁奖典礼在翊武剧院隆重举行，澧县中医医院党委副书记、院长李松柏荣获“澧县劳模”荣誉称号，外三科主任向银生荣获“澧州工匠”荣誉称号。

“澧县劳模”李松柏的颁奖词：“沉沉之质，其风如壁；松柏之志，有韧不移。身怀医技之长，秉承高尚医德。医者之大，不仅治人，更在医心，让国粹绽露芳华。”

李松柏的主要业绩：

李松柏，1995年毕业于湖南中医学院（现湖南中医药大学）中医专业，本科、中共党员，主任医师。医院党委副书记、院长。他从事临床医疗工作24年，撰写学术论文12篇，先后进修广州中医药大学附属广东省中医院内科急诊专业、南方医科大学附属南方医院内分泌代谢专业、郑州大学第一附属医院心血管内科专业及心血管介入。在他的带领下，医院介入诊疗技术从无到有，由弱到强；心血管科队伍不断壮大，科室能够开展急性心肌梗死静脉溶栓治疗，心血管、脑血管及外周介入诊疗技术，尤其在心律失常射频消融技术、心脏起搏器植入等方面取得重大突破。他先后获“学科成就奖”“十佳医务工作者”、湖南省内科“疑难病例讨论”最佳个人奖、“湖南省抗疫先进个人”、澧县优秀共产党员等荣誉称号，三

次荣立三等功。现系湖南省中医药和中西结合学会国际合作分会副会长、湖南省医师协会心血管专业委员会委员、湖南省医院协会县级医院管理专业委员会委员、常德市心血管专业委员会委员、常德市中医药学会第七届学会理事。

“澧州工匠”向银生的颁奖词：“守正创新，潜心微创，手中一把‘钬’，粉碎痼疾。医者仁心，守着誓言，心中有大爱，大医精诚。”

向银生的主要业绩：

向银生，2008 年毕业于长江大学临床医学专业，本科、中共党员、副主任医师，医院泌尿外科主任。他从事临床医疗工作 15 年，带领科室团队顺利完成腹腔镜下肾上腺切除术、腹腔镜下膀胱癌根治性切除术等；率先引进开展经尿道前列腺剜除术，填补了澧水流域该项技术的空白。他先后获医院“新技术应用推广及创新奖”、优秀共产党员等荣誉，2020 年记三等功一次。他主攻泌尿系结石、前列腺增生、泌尿系肿瘤、泌尿系结核、小儿包茎等；他擅长泌尿外科微创手术、腹腔镜技术治疗肾上腺肿瘤、肾肿瘤、输尿管肿瘤、精索静脉曲张等；他先后赴常德市第一人民医院、湘雅医院、广州医学院附属第一医院、南方医科大学珠江医院进修学习，发表学术论文 2 篇。现系常德市男科学会专业委员会委员、湖南省健康服务业泌尿外科专业委员会委员、湖南中医联盟泌尿外科联盟理事。

（原载 2021 年 10 月 28 日澧县中医医院网，与宣传科合作）

澧县中医医院健康集团隆重举行首届职工运动会

为增强职工体质，丰富职工体育文化生活，展示全体职工团结拼搏、创优争先的精神风貌，11 月 18 日，澧县中医医院健康集团首届职工运动会在澧县一中隆重举行。

县人民政府副县长宋化丽，卫健局党组书记、局长石敏，文旅广体局党组书记、局长关洪日，县总工会党组成员、副主席李中博，澧县中医医院领导班子、健康集团成员单位负责人出席开幕式。活动由县中医医院党委副书记、院长李松柏主持。

伴随着嘹亮的《运动员进行曲》，由医院健康集团组成的国旗、集团旗、院旗方阵，标语牌方阵，彩旗方阵，彩球方阵等 15 支运动员代表队迈着整齐有力的步伐闪亮入场，升国旗、奏国歌……鲜艳的五星红旗缓缓升起，雄壮的国歌声响彻校园。由职工代表组成的暖场演出方队为大家带来了精彩的八段锦和啦啦操表演。

开幕仪式上，澧县人民政府副县长宋化丽宣布运动会开幕。医院党委书记赵远怀致辞，希望大家以集团发展为大局，以赛出精神为宗旨，赛出每个人的集体荣誉感，赛出每个集体的精神和风貌，增强凝聚力，激发同心战斗力，为保障人民群众身体健康做出更大的贡献！

县卫健局党组书记、局长石敏讲话，希望各代表队秉承“友谊第一，比赛第二”的精神，把赛会办成团结奋进、高效安全的盛会，把集团建成维护职工权益，守护群众健康的长城，为推动澧县卫生健康事业高质量发展，做出新的更大的贡献。此次运动会以“启航新征程，再创新辉煌，共享新生活”为主题，全院15支代表队共400余人参加比赛。运动会充分突出趣味性和合作性，分为个人项目和趣味集体项目。赛场上选手们团结协作、热情高涨、奋力拼搏，赛出了水平，赛出了风格，更赛出了意志，充分展现了中医人蓬勃向上的精神状态和坚不可摧的团队凝聚力。

此次职工运动会，既是展示医疗集团成果，昭示职工风采的一次盛会，更是展示医院群体意识、竞争意识、团队精神的盛会，极大地推动全院全民健身运动深入开展，进一步推进医院建设又快又好向前发展。

（原载2021年11月18日《法周融媒》，与滕建、王静、龚慧合作）

全力共创“三甲”　誓师共筑辉煌

2022 年 3 月 10 日晚 7 时，澧县中医医院在行政楼五楼召开了创建三级甲等医院动员大会。县人民政府副县长宋化丽、县卫健局党组书记、局长石敏出席大会。医院领导班子、二层骨干、科室代表共 300 人参会。会议由党委副书记、副院长戴清华主持。

医院党委书记赵远怀在动员会上发表讲话，他指出，启动创建三级甲等医院党委高度重视，全院干部职工要统一思想、提高认识，深刻理解创建三级甲等中医医院的重要意义；要进一步凝聚共识、坚定信心，充分把握三级甲等中医医院成功创建的有利形势；要周密部署，砥砺攻坚，确保创建工作稳步推进；要严明纪律、强化职责，落实创建工作。

他强调：“三甲”创建是关系到医院生存和发展的头等大事，是工作任务，更是政治任务，责任重大，使命神圣。全体中医人要统一目标、铆足干劲；要找准差距、细化任务；要强化监管，压实责任。医院创建办要严格制定考核细则和奖惩办法；要严格坚持标准，确保评审工作质量；要严格奖惩落实，根据考核结果责任到人；要继续发扬不怕吃亏，敢于吃苦的艰苦奋斗作风，确保“三甲”评审一举通过。

医院党委副书记、院长李松柏宣读《医院三甲创建工作方案》，就实施方案进行了统一部署。副院长谭宏波带领与会人员庄严宣誓；各科室、部门第一责任人签订并递交创建责任状。

县卫健局党组书记、局长石敏对医院创建工作给予了认可与鼓励，同时指出，创建三级甲等中医医院，不仅是全院干部职工的心愿，更承担着县委、县政府的厚望，全县人民的期望。全体中医人要提高站位、坚定信心、转变作风，要以“三甲”创建为契机，展现新形象、打造新业绩、健全新机制。以决战决胜的姿态，打赢“三甲”创建这场硬仗。

要强化党建引领、强化改革创新、强化工作落实。医院领导班子要带头解难题、抓落实，以上率下、雷厉风行，在细微处下功夫、在求精中做文章。以唯实唯先的势头，应对“三甲”创建这场大考。

要克服侥幸心理、做到无缝对接。要把创建工作落实到每一处细节当中，认真做好每一个环节，切实解决每一个“瓶颈”。以善作善成的干劲，夺取“三甲”创建这场胜利。

县人民政府副县长宋化丽在誓师大会上发表重要讲话，他指出，创“三甲”是澧县中医医院自身发展史上的一件大事，也是推动健康澧县建设的一件大事，全体中医人要充满信心、下定决心、团结一心，一起同心而行，披荆斩棘；通过特色化、差异化、精细化、规范化、信息化、数据化、集团化、一体化建设，同向而行，乘风破浪；通过借外力、聚合力、促动力、加压力，一起同力而行，攻坚克难，确保以优异的成绩成功创健“三甲”。

全力以赴创“三甲”，砥砺奋进铸辉煌。此次誓师动员大会增强了中医人的信心，鼓舞了中医人的士气，为进一步推动澧县中医医院创“三甲”工作指明了方向。全体中医人将会拧成一股绳，劲往一处使，克服一切困难，圆满完成“三甲”创建工作，共创澧县中医医院更加美好的明天。

（原载 2022 年 3 月 11《常德融媒》，与宣传科合作）

第二部分

杏林满园

悬壶济世不忘初心

心系群众担当实干

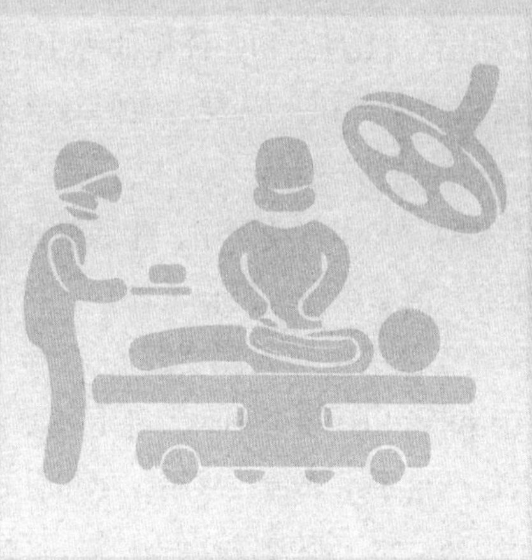

“光明行动”见真情

——澧县中医院免费开展100例白内障手术见闻

截至11月18日，澧县中医院圆满完成了全县100例白内障手术患者的“光明行动”任务。

家住洞市乡罗坪村三组的75岁老人刘德香，是此次“光明行动”的第一个受益人。10月21日，患白内障达8年之久的她在县中医院眼科主任孙艳、医生孙军的主刀下，接受“小切口白内障摘除术”，得以重见光明。她托人写来了激动人心的感谢信。11月上旬，任振仙等10名患者敲锣打鼓送来“妙手回春”的红匾和一束鲜花，以表达他们对县委、县政府、县残联以及县中医院白衣天使们的感激之情。

在澧县实施100例白内障手术的“光明行动”中，中医院眼科的医护人员在学科带头人孙逢清的带领下，恪尽职守，勤奋工作，严格把好手术质量关。尤其是孙艳、孙军、孙霞三位医生每天都要做7—8台手术，最多时每天做10台手术。白天做手术长达10多个小时，晚上还要查房、写病历，误餐是常有的事。他们做每一台手术都精益求精，尽量让每一位患者满意。戴某有癫痫病史，常年服药，每天都要发作好几次。医院高度重视这一例手术患者。11月6日上午手术时，院领导组织业务骨干进行会诊，抽调了副院长秦勇专门负责心电监护，年仅30岁的年轻医生孙军边耐心开导边细心手术，经过医务人员共同努力，成功地完成了这一例特殊病人的手术。

在100例白内障手术患者中，年龄最小者25岁，年龄最长者86岁，他们有的来自乡镇敬老院，有的来自贫困山区。手术住院期间，眼科护士姐妹们在护士长施贤珍的精心组织下，无微不至呵护每一位患者，使他们感到医院就是他们的家，护士就是他们的亲人。涔南乡一位叫田丕波的老年患者术后无人陪护，护士熊俊杰主动请缨，每天坚持替老人送饭端茶，翻身擦背，搀扶上卫生间。老人逢人就夸：小熊妹子待俺如此亲近，这是俺前世修来的好福气。

中医院眼科有9名医护人员，他们在工作中从不叫苦叫累，从不计较个人得失的无私奉献精神，感动着每一位住院的白内障患者。10月23日，道河乡敬老院的72岁患者许丛英住院检查发现血糖高，手术风险较大，老人家心里非常着急，担心做不成手术。眼科主任孙艳利用晚上查房时间主动与老人家谈心，拉家常，减轻老人家的心理压力。住院第二天通过积极治疗，她的血糖终于正常，并成功地实施了手术，复明后老人家感动得热泪盈眶。

中医院眼科在承办100例白内障手术患者的“光明行动”中，医务人员以精湛的医术和良好的医德医风赢得了全县人民的好评，重塑了白衣天使的光辉形象。涔南乡62岁的唐熙舫为表达感激之情，赋诗一首以颂之：艳阳去乌云，霞光照万里，军医显神威，光明洒人间。

（原载2006年11月22日《常德日报》、2006年12月6日《常德晚报》、2006年12月7日中国常德网）

中医药事业的领路人

——记澧县中医院第七任院长、主任医师叶祚栋

【人物链接】

叶祚栋，1956年4月出生，1974年参加工作，大学本科学历，澧县永丰乡人。

叶祚栋从事中医工作40余年，撰写学术论文已有20多篇，1999年曾任《中国传统医学百病百草治疗大全》副主编。他担任过澧县中医院院长、总支书等职务。他是医院主任医师、常德市医疗事故鉴定专家、常德市中医肛肠委员会荣誉会长、湖南省中医药学会肛肠分会副会长、中国中医药学会肛肠分会理事、中华中医药学会肛肠分会常务理事，2002年他被常德市人民政府记二等功一次，同年7月当选为中共澧县第九次代表大会和中共常德市第四次代表大会代表。

近9年来，医院以挖掘医学瑰宝、弘扬中医文化为己任，以培养中医人才、打造特色专科为龙头，以构建医患和谐，追求社会、经济效益“双赢”为目标，励精图治，开拓创新，圆满完成了各项工作任务，提升了中医院的整体形象，促进了澧县中医院的健康发展。

叫响特色专科品牌

说到医院的变化，人们都说医院院长叶祚栋具有战略家的眼光，思

想敏锐，决策正确。澧县中医院始建于1946年，建院初期称为小儿麻痹专科医院，1972年更名为澧县中医院，当时仅有病床40张，医务人员26人，全年业务收入仅有7万余元。经过几代中医人的共同努力奋斗，截至1998年，中医院的业务收入为442万元，职工198人，专科从建院的3个发展到12个。1998年，叶祚栋担任院长后，决定从打造特色专科入手，在竞争激烈的医疗市场，叫响自己的专科品牌。为此，他上北京、下广东，购买医疗设备，引进技术项目，研究市场动向，寻求合作对象。几年来，澧县中医院先后投资1 000多万元购买了螺旋CT、进口四维彩超、CR成像系统、全自动生化分析仪、等离子肛肠治疗仪、妇科治疗机等一批大中型医疗设备。与天津、西安、长沙等地的医疗、科研单位合作，开设了糖尿病专科、中风专科、风湿疼痛专科等新科室。目前，中医院有6个病区，18个科室，其中眼科、肛肠科、糖尿病专科、中风专科、风湿疼痛专科等已成为名传九澧、誉满三湘的品牌专科。中华全国中医学会的徐先生是一名老中医，患眼病多年，疼痛难忍，到很多大医院都看过，但一直未愈。他听说澧县中医院的眼科有特色，便慕名前来就诊，医院眼科主治医生孙逢清、孙艳父女采用中西药相结合的办法，很快就治好了他多年的眼病。这位60多岁的徐先生感慨地说："你们实乃亚洲眼科特技者。"

挖掘祖国中医瑰宝

中医，是我国的国粹，是中华民族的瑰宝。作为医院的院长，叶祚栋始终把挖掘中医瑰宝、促进中医药的发展作为自己的职责。因此，澧县中医院在引进和应用西医技术的同时，重点引进中医技术、开发中医项目。"石氏中风单元疗法"和"安氏肛肠病疗法"都是成功例子。中风病是世界上导致人类死亡的三大主要疾病之一，2007年10月，该院引进了中国工程院院士、天津中医药大学附一院博士生导师石学敏教授的"石氏中风单元疗法"，对中风病人采取以醒脑开窍针刺法和丹芪偏瘫胶囊为主的治疗，并配合康复训练、饮食调养、心理咨询和预防指导等新颖、独特的中风病康复治疗综合方案，促进了患者神经功能的恢复，大大减轻了中风患者的残障程度，提高了他们的生活质量。2006 年 5 月，该院又大胆引进了“安氏肛肠病疗法”，由叶祚栋亲自主持，采用“芍倍注射液”新技术，结合中药内服、外洗、熏蒸等办法，治疗各类痔疮、肛瘘、肛裂、直肠脱垂、肛门瘙痒等顽症具有特殊的疗效。2007 年 7 月上旬，该院又引进国家中医药管理局推出的中医经典项目之一的“冬病夏治”贴敷疗法，在“治未病”方面也收到了较好效果。

打造一流服务环境

叶祚栋深知，在竞争激烈、强手如林的医疗市场，澧县中医院要取得一席之地，还必须加大硬件投入，加强人才培养，打造一流的服务环境。为此，他们筹资近 800 余万元，添置了医疗器械设备；投资 224 万元，新修了综合服务楼；投资 400 余万元，维修、改造了医院门诊楼、住院部，绿化了医院环境。2008 年，又通过医院投资 3 600 万元新建一栋 9 层住院大楼，建筑面积达 8 913 平方米。

在人才的培养上，医院先后投入培训费用 200 余万元，选派了 100 余人次外出参加培训、进修，在临床科室发挥了很好的作用。现在，全院干部职工 238 人中，专业技术人员占总数的 86%，其中有主任医师 2 名，副主任医师 12 名，中级职称人员 53 人。医院被评为二级甲等中医医院，现为湖南中医药大学临床教学基地和湖南省人民医院临床指导医院。

硬件的投入与医务人员的素质提高，极大改善了中医院的就医环境。2007 年已收治门诊病人 120 000 余人次，收治住院病人 3 500 多人次，医院的业务收入以 20% 的速度增长，取得了较好的经济效益和社会效益。

构建和谐医患关系

当今社会，医院发展的一个重要标志就是构建和谐的医患关系，加强医务人员和患者之间的沟通。叶祚栋经常在职工大会以及科主任、护士长参加的院周会上语重心长地告诫全院广大职工：“要把病人视为自己的朋友、视为自己的亲人。”为此，该院医务科组织“假如我是一个病人”的大讨论，公示医院的服务公开承诺书，开展评议行风、满意率测评等活动；护理部还推行温馨服务“五心”活动，并率先在医院实行住院患者回访制度；拓展部开展医疗服务进社区、下乡村义诊活动。通过这些活动，增强了医务人员廉洁自律、廉洁行医意识，构建了和谐的医患关系。“我是一个初中生，现在还在学习阶段，但我已立下志愿，以后一定要做一名白衣天使。因为澧县中医院一病区护士长张阿姨的微笑让我感受到了白衣天使的亲切和高尚。”这是一位某学校的中学生，在陪护她爸爸住院期间，被张春芳阿姨的微笑深深打动，在留言簿写下的由衷感叹。正因为澧县中医院有这样一群医术精湛、护理过细的优秀个人和集体，才使医院患者络绎不绝，医患关系和谐，医院的整体形象得到提升。

他工作严谨，爱岗敬业、无私奉献，勤于管理，把医院的每一分钱用在刀刃上。同时，他经常为中医院的建设与发展奔走呼号，呕心沥血，是一代中医人的楷模。他多次被评为先进个人、优秀共产党员、常德市事业单位优秀法人，2002 年被常德市人民政府记二等功一次。谈到中医院未来的发展时，他自信地告诉记者，力争用 5—10 年时间，改善医院的就医环境，培养梯队人才，打造特色专科，让医院成为全省一流的现代化的中医院。

（原载 2007 年 12 月 19 日《常德日报》，与梁先海合作）

乙肝特殊人群的抗病毒治疗

——门诊专家蔡业炎访谈录

【人物链接】

蔡业炎，男，1960年4月出生，大专，中共党员，1981年毕业于常德卫校，2004年11月获内科副主任医师，2006年赴广州第一军医大学进修肝病，撰写《自拟扶正解毒汤联合拉米夫定治疗慢性乙型肝炎临床疗效观察》等多篇论文，擅长中西医结合治疗各种肝病。

在我国，有大量的乙肝病毒感染人群。针对一些特殊人群感染乙型肝炎病毒的治疗，蔡业炎医生向广大肝炎病患者介绍了一些治疗方法和应注意的问题。

（1）儿童乙型肝炎。儿童慢性乙型肝炎患者的抗病毒治疗应答率，经研究显示与成人患者相近。普通干扰素、拉米夫定，已被证实可使儿童慢性乙型肝炎患者受益并已批准用于12岁以上（体重≥35kg）儿童患者的治疗。但儿童患者长期抗病毒治疗的安全性和出现耐药结果的危险性更值得注意。许多儿童慢性乙型肝炎患者即使不接受抗病毒治疗也可呈现良性后果。

（2）肝硬化和失代偿性肝病。目前的研究证据明确支持对慢性乙型肝炎相关的肝硬化和肝功能失代偿性肝病患者进行抗病毒治疗。普通干扰素和长效干扰素禁用于失代偿性肝病患者，而核苷类似物治疗进展性肝硬化是安全和有效的。使用拉米夫定长期治疗可以改善乙型肝炎相关的肝硬化及进展性肝病患者的生存率，降低原发性肝癌的发生率。

（3）慢性乙型肝炎再激活的预防。抗病毒治疗中一个重要但常常被忽略的问题是活动性乙肝表面抗原携带者，以及一部分乙型肝炎康复者在恶性肿瘤治疗期间，使用免疫抑制剂、糖皮质激素、应用抗细胞因子抗体等免疫调节药物；心、肾、肝等器官移植后的抗排异治疗等所致免疫抑制状态，可出现慢性乙型肝炎感染的再激活，乙型肝炎的再激活可以导致急性肝衰竭或慢性持续性肝炎等严重后果。预先使用拉米夫定可预防或至少可减缓乙型肝炎的再激活过程。

（4）急性乙型肝炎。绝大多数有症状的急性乙型肝炎患者可自行恢复，因此通常不推荐也没有必要对其进行抗病毒治疗。

蔡医生提醒，感染了乙肝病毒的患者不要盲目服药，要找专科医生就诊，避免浪费钱财和造成不必要的药物损害（如药物性肝炎）等。

（原载 2009 年 9 月 19 日《常德日报·新农村》）

慢性肾病的辨证施治

——门诊专家胡章翠访谈录

【人物链接】

胡章翠，女，1962年12月出生，现任澧县中医院急诊科主任，副主任医师。她毕业于常德卫校中医大专班，从事内科临床医疗工作20余年，擅长运用中西医结合治疗内科多发病、常见病，尤其是对肾病的治疗效果显著。

慢性肾病属于中医学肾劳范畴，该类患者往往病程日久，病情复杂，只有运用中医理论，才能正确辨证施治，具体辨治要点分以下三个方面。

肾中阴阳互生，治当阴阳兼顾

《景岳全书·补略》指出："善补阳者，必于阴中求阳，则阳得阴助而生化无穷；善补阴者，必于阳中求阴，则阴得阳升而泉源不竭。"

病虚日久生瘀，适当益气活血

慢性肾病大多起病缓慢，病程缠绵，导致脾肾亏虚，肾阳不足则温煦推动血行之力减弱，而导致血流减慢，甚则火不归元，阴寒凝结于下，血脉瘀阻。治疗方法是在补肾的同时配合益气活血之法，有祛瘀不伤血之妙。

浊邪壅塞三焦，治当升清降浊

随着病情进一步发展，晚期出现脾肾衰败，肾气亏损，肾关开合失常，水液停滞体内，化生湿邪，脾虚失运，水湿内生，湿浊之邪内阻三焦，以致清阳不升、浊阴不降。治疗方法是在培补脾肾的同时辅以化湿降浊，通腑和胃，安和五脏之法。

总之，慢性肾病以虚、瘀、浊为本病的病机特点，治疗上当以肾虚为中心。同时，分清寒热虚实，培补脾肾，益气活血，化湿降浊，标本兼治，灵活运用。

（原载 2009 年 11 月 19 日《常德日报·新农村》）

生命在这里延续

——澧县中医院糖尿病诊治新进展系列活动侧记

9月26日，秋高气爽，彩旗猎猎。10名清秀、靓丽的护士穿戴着“为人民服务”绶带站在医院大厅格外耀眼。早晨6点40分，负责糖尿病诊治活动的院领导以及医务工作人员各就各位。7时30分，澧县中医院人头攒动，800多名糖尿病患者早已把医院的门诊大厅围得水泄不通。医务人员被分成四个小组，每组3人，他们为患者免费量血压、测空腹血糖、分发早餐，不停地忙碌着。广大患者在工作人员的维护下，秩序井然。

镜头之一：古稀老人道声“谢谢”

上午8时，一位78岁的老人李耀文被女儿用轮椅推着在工作人员的帮助下，艰难地来到了医生的诊台前。年轻医生张小燕用三诺血糖仪准确地测出老人的血糖为10.8mmol/L，血压为165/98mmHg。

“老大爷，您的空腹血糖有点偏高，上午9时去听课，朱教授会帮助您，好吗？”正在登记患者联系地址的李红梅亲切地说到。

这时负责分发早餐的工作人员胡红霞快速从保温车内亲手为这一位老人送上一份免费的牛奶和两个馒头，说道：“这是医院为您准备的早餐，您待会儿还有糖尿病诊治和知识培训。”老人连声地说：“谢谢，你们的服务态度真好！”

镜头之二：父亲病逝未尽“孝道”

26日上午7时20分，医院CT室旁发生了惊人的一幕：一位患者突然倒地，左手不停地抽搐，而且语言不利……门急诊科主任黄生明发现后，当即组织医务人员现场紧急救援。在做CT检查的同时，黄主任从患者身上摸到一部手机，他机智地通过患者的手机查找最近的通话记录，终于找到了患者的亲属。原来，患者的亲属就是该医院糖尿病科的副主任医师贾遇文!

贾遇文是医院学科带头人之一、糖尿病科的科主任，也是澧县糖尿病之友协会的秘书长。此时，贾遇文作为这次活动的主持者之一，他全身心地投入患者接待安排工作之中，无暇顾及病危的父亲，他把护理父亲的重担交到了妻子的肩上。当日上午7时50分，76岁的父亲因中风突然病逝，遗憾的是临终时也没能见上自己唯一的儿子一面。当父亲病逝的噩耗传来时，贾遇文强忍着悲痛还继续为数百名糖尿病患者释疑解难。直到整个活动结束，贾遇文这才带着一身的疲惫和满腔的悲痛来到父亲的灵堂。知情人为他这种爱岗敬业的中医人精神所震撼。聘请来中医医院授课的常德市第一人民医院内分泌科主任朱惠平教授在澧县殡仪馆吊唁时动情地说：“贾医生的这种敬业精神值得在医疗卫生系统中推崇，同时也让我们同行见证了‘忠孝不能两全’这一句古训。”

镜头之三：国际大酒店传“真经”

为提升第八届糖尿病诊治新进展培训班的档次，医院决定在澧县城头山国际大酒店进行授课，为广大糖尿病患者传授新知识。

蒋铁建副教授现任中南大学湘雅医院内分泌科副主任，是医院聘请来为糖尿病患者授课的专家。四十出头的他，中等身材，给人一种睿智、机敏的印象。他为广大糖尿病患者传授了糖尿病治疗的新理念：抗氧化治疗；如何正确使用三诺血糖仪，糖尿病运动保健等新知识。

上午 12 时培训结束，蒋铁建副教授与 200 多名糖尿病患者进行互动，问题回答正确者发一份《糖尿病之友》杂志，参加培训的糖尿病患者还每人送一只保温杯。“听了蒋教授两个小时精彩的讲课，今天我们不仅取得‘真经’，还享受到三星级酒店的优质服务。”在乘坐电梯时，患有糖尿病已有 5 年的罗德英老婆婆笑呵呵地说。

镜头之四：糖尿病专家解“难题”

记者乘坐电梯走进七楼崭新、清洁的糖尿病专科，会场里早已座无虚席，他们大都是六七十岁的老人，也有四五十岁的中年人，在这个分会场为糖尿病患者释疑解惑的是常德市第一人民医院内分泌科主任朱惠平教授。

上午 11 时左右，一女性患者问：“朱教授，您好！我姓庹，今年 58 岁，患 2 型糖尿病已经有 12 年历史，去年 8 月份开始注射胰岛素诺和灵 30R，每天早餐前注射胰岛素 14 个单位，三餐饭前服用一片拜唐苹，最近糖化血红蛋白 7.5%，请问俺打胰岛素后体重为什么会下降？如何调整胰岛素用量？”

朱教授回答：“您体重下降，首先考虑是否血糖控制欠佳，虽然每日注射胰岛素 14 个单位，但如果血糖仍高，就可以导致体重下降；其次需检查是否合并其他疾病，如胃肠疾病、肺结核；也要注意检查是否伴有妇科疾病等。至于调整胰岛素用量，要根据具体血糖控制水平才能决定。您目前使用诺和灵 30R 的效果不佳，建议您改为每日两次，并随时监测血糖，及时调整用量。如果同时合并冠心病或高血压，在选择用药时还要征求心血管医师的意见。”

朱教授回答了第一位患者的提问后，后排的一位男性患者拿着麦克风又向朱教授请教：“……使用布地奈德和沙丁胺醇对糖尿病和冠心病有影响吗？”

当患者得到满意的答复之后，稍微发胖的朱惠平教授会意地笑了。眼见朱教授一口气回答了六位糖尿病患者的提问，陪同在她身边的副院长秦勇看了看表，已经 12 时 15 分。他拿着话筒歉意地对大家说：“由于时间关系，上午的活动到此结束。下午 3 时，朱教授在糖尿病专科进行科室查房、会诊，如果还有疑难问题的患者欢迎来糖尿病科门诊进行个别交流。”

据叶祚栋院长介绍，澧县中医院第八届糖尿病诊治新进展系列活动开展得非常成功。十年来，我们为澧县糖尿病患者建立健康档案八千余份，发放健康教育资料《糖尿病知识 ABC》万余份，并常年进社区开展义诊、宣教等一系列糖尿病健康知识宣传，为糖尿病患者的身体健康做出了贡献。

（原载 2009 年 12 月 18 日《常德日报》，有删节）

小儿麻痹症的“克星”

——追记澧县中医院老前辈贺家海先生

贺家海，男，1941年2月12日出生于湖南省澧县澧东公社蔡口滩，小学（高小）文化，中共党员。曾担任湖南省澧县中医院副院长、副书记、院长，澧县中医学会副理事，中共澧县第三、四届委员，常德市地委委员等职务，副主任医师。贺老先生从医40余年，擅长中医内科杂病及针灸疗法，发表二十余篇医学论文，并出版《中医治疗小儿麻痹后遗症经验》一书。精心研制了“金刚健步丸”，获湖南省科研成果二等奖。贺老先生被中共澧县县委、中共常德市地委以及中共湖南省委授予“中西结合好医生”“敢于创新的好医生”称号。贺老先生还是中共澧县县委、中共湖南省委的党代表，在工作中多次立功受奖。贺老先生参加了全国医药卫生科学大会，曾受到国家领导人的接见。鉴于贺老先生对小儿麻痹后遗症有独特研究，其业绩收入《世界优秀专家人才名典》（中华卷）、《中国名医列传》（当代卷）以及《当代湘籍著作家大辞典》。2001年6月27日，贺老先生因脑溢血与世长辞，享年60岁。

湖南省澧县小儿麻痹医院始建于1946年，隶属澧县人民医院中医科，1972年更名为澧县中医院。千百年来，医学界的权威总把小儿麻痹症宣判为“不治之症”，给不少的小儿麻痹症患者带来终身痛苦。时间追溯到20世纪60年代末，当时用鹅不食草等药打开了治疗小儿麻痹症的突破口，治愈率为38.2%。但贺老先生刻苦钻研医学理论知识，并应用于临床实践，开创出完整的中医辨证分型治疗方法，运用自己掌握的三大疗法以及金刚草等药治疗小儿麻痹症，疗效显著，治愈率为79.11%。

贺老先生一生坎坷，为人正直，对党忠诚，努力钻研医学知识，医术精湛，扬名四海。特别在治疗小儿麻痹症方面有独特研究。“中国医药学是一个伟大的宝库，应当努力发掘，加以提高。”1969年8月，贫农朱传菊患小儿麻痹后遗症，左下肢瘫痪，呈现松软等症状，很可能是经络阻塞的原因。贺老先生根据中医“寒者热之”“塞者通之”的道理，确定了用草药治疗方案。经过几天的治疗，患者病肢皮温日渐增高，肌肉张力一天天增强，运动功能逐渐恢复，治疗七天，患者的病肢就能站起来了，又经过二十多天的治疗，朱传菊完全恢复了健康。8岁的男孩曹光湘，患小儿麻痹后遗症近两年，右腿轻度麻痹，左腿严重瘫痪，住院一个多月，不见效果。于是，贺老先生和医生们对曹光湘的病情进行详细诊断和研究，发现其病症具有特殊性，即病肢关节僵硬，采取内服补气养血、舒筋活络的中草药和推拿按摩整形、矫正畸形的办法进行治疗。由于治得对路，不久就有了明显的效果。后来又出现了反复：患者双下肢由长短不齐，到长短基本一致，以后又出现了长短不齐的情况。贺老先生进行了调查分析，终于找到了出现反复的原因。后来经过同患者家属配合治疗两个多月，终于使曹光湘的病肢完全恢复了功能，双下肢长短相等，能站能走，能跑能跳。

在治疗小儿麻痹后遗症的过程中，贺老先生还虚心向人民群众学习，从群众中吸取智慧和力量，向一切有经验的人学习，并从前人医疗实践中吸取有益的东西，丰富自己的认识，增长为人民服务的才干。贺老先生除改进了常规治疗，减轻病人药费开支外，还学会了用火针、醋蒸法、小夹板、灸法、新针、穴位注射等方法。从1969年8月起，贺老先生收治患者10 000余人次，门诊及指导治疗患者达12 000人次，大部分患者除来自全国各地，还有慕名来自马来西亚、日本、印度尼西亚、菲律宾等14个国家和地区的患者，贺老先生受到当时卫生部和湖南省委的嘉奖。1990年贺老先生精心研制了“金刚健步丸”，对治疗小儿麻痹症有特效，已被列入湖南省重点科研项目。

贺老先生于1970年5月从澧县涔南卫生院调入澧县小儿麻痹专科医院，1973年11月担任澧县中医院副院长。贺老先生在工作期间撰写的《治痿独取阳明的临床运用》《金刚健步丸对158例小儿麻痹后遗症治疗科研小结》等二十余篇医学论文发表于《湖南中医杂志》《赤脚医生杂志》等刊物，其中精心研制的“金刚健步丸”获湖南省科研成果二等奖。1970年4月《光明日报》头版头条，以《运用唯物辩证法攻破治疗小儿麻痹后遗症难关》报道贺老先生的事迹。1970年8月中央广播电视台、《湖南日报》、湖南广播电视台等多家新闻媒体纷纷报道了这条消息。1973年3月贺老先生撰写了《中医治疗小儿麻痹后遗症经验》一书，由湖南人民出版社出版发行。1978年6月《湖南日报》以调查报告的形式报道贺老先生的事迹，标题为《世上无难事，只要肯登攀》。1993年《理论与创作》刊物上以《勇于探宝的人——记澧县中医院副主任医师贺家海》为题介绍其事迹。

另外，贺老先生还经常参加学术经验交流，弘扬祖国的传统医学。1972年以来，贺老先生先后赴长沙、浙江、长春、北京、上海等地传授治疗小儿麻痹症的经验。1977年7月贺老先生参加了全国中西医结合工作座谈会。1978年8月参加了全国医药卫生科学大会，并受到了卫生部的奖励。

贺老先生从1958年8月至1970年4月，一直在澧县澧东、车溪、涔南等乡镇卫生院工作。贺家海有4女，其配偶叶祚菊，业余喜爱古典文学和考古研究。

［原载2009年12月《澧县中医院院史（1946—2009）》］

光明使者

——记澧县中医院军转团级干部、眼科医生孙逢清

澧县中医院军转干部孙逢清，在部队工作 27 年，副团级主治医师。回地方工作 18 年，多年来一直担任眼科主任，2006 年退休后仍然坚守医疗第一线，直到现在。他的医德医风广受社会称赞，被广大群众称为光明使者。

军中业务骨干

1964 年 12 月，孙逢清从澧县火连坡镇三元村应征入伍，成为广州军区某部医院一名战士。从此，他穿上了白大褂，担起了救死扶伤的义务。

他热爱卫生工作，经常利用休息时间钻研业务，并虚心向他人请教，很快就掌握了本领，尤其是擅长运用针灸疗法治疗眼科疾病。当兵前 3 年，他年年都是“五好战士”“学习毛主席著作积极分子”，1968 年还被评为广州军区后勤部一分部卫生员标兵。

1969 年，孙逢清进入第一军医大学学习，1972 年毕业后分配到广州军区 169 医院工作。1979 年，他主动请缨参加对越自卫反击战，在战场上受到军区领导嘉奖，并荣立三等功。在部队，孙逢清由于工作积极，业务能力强，先后 12 次立功受奖，2 次出席广州军区学习毛主席著作积极分子代表大会，他的事迹在《解放军报》《战士报》《湖南科技报》等新闻媒体

上都做过报道，他是部队里公认的业务骨干。1982 年，《湖南科技报》对他用针灸原理治疗近视眼的技术做过专题报道，在军内外产生了广泛影响。

澧县眼科专家

1991 年，45 岁的孙逢清回到家乡。当时，他被分配到常德市的一所大医院。可是回家不久，他听说家乡澧县、津市一带缺少眼科医生，津市有位 19 岁的白内障患者在一家医院做手术，结果把一只眼睛彻底做瞎了，他感到很痛心，加上澧县中医院诚恳邀请他。就这样，他放弃了常德的优越条件，毅然决定回到澧县中医院，干起了眼科医生这个老本行。

当时的澧县中医院，眼科只有中医疗法，科室小、人员少，在社会上名气也不大。孙逢清上班后，亲自主刀为津市那位年轻的白内障患者的另一只眼睛做手术，经过几个小时的艰苦努力，手术很成功，这位在黑暗中度过几年日子的年轻人，终于重见了光明。他万分感谢地送来一面锦旗，上面写道："冬去春来路茫茫，黑夜伴我十年长，白衣战士银刀晃，光明还我少年郎。"

牛刀小试，一炮打响。孙逢清声名鹊起。为了方便更多的眼疾患者，医院任命他担任眼科主任。从此，医院眼科走上了发展快车道。十多年来，该科先后开展了白内障手术、视网膜脱离复位手术、近视眼放射状角膜切开手术、白内障人工晶体植入手术等新技术、新项目。2006 年，湖南省光明行动计划正式启动，医院作为光明行动定点医院，每年都接收 200 余名患者。孙逢清带领全科医务人员兢兢业业、一丝不苟，年年都圆满完成了任务，没有出现一例差错。十多年来，孙逢清经手治疗的眼科患者每年都有几百人，没有发生一起医疗纠纷，这个成绩在医疗界是难能可贵的。在他的带领下，医院眼科一举成为澧水流域响当当的品牌专科，澧县、津市、临澧、石门、安乡及湖北公安、松滋、石首等地患者，都慕名前来就诊。

医德医风楷模

孙逢清不仅医术高，而且医德好。这些年，他没请过病假，也没请过事假。有年春节正月初五，适逢他休息，可正当他准备走走亲戚时，突然接到急诊电话，有个小孩眼睛烧伤，急请他治疗。他二话没说，急忙赶到医院，一直忙到下午才回家，连午饭也没吃。

像这样的事不胜枚举，不管什么时间、也不论在什么地方，只要有急诊任务，他总是迅速赶到，风雨无阻、雷打不动。

孙逢清热爱单位，不受金钱诱惑。21 世纪初，医院的眼科事业红红火火，他个人的名望也如日中天。这时，有人劝他离开医院自己开诊所，赚钱肯定比上班多得多。可他不这么想，他说："我出身农村，是党和国家把我培养成人，让我学到了技术，我要用我的技术回报国家、回报社会，不是要多赚钱。" 2001 年，有家医院要高薪聘请他，也被他婉言谢绝。即使在 2006 年退休后，他也恪守自己的诺言，只为中医院服务，不到外单位捞钱。因此，他现在虽然退休了，仍然在医院里上班。

孙逢清待患者如亲人。今年 3 月，有位眼疾患者在县城另一家医院就诊，治疗了十来天效果不理想，准备转到中医院来。起初，个别医生有想法，问患者为何不一开始就来中医院。患者也有点不好意思。孙逢清得知后，当即批评了这名医生。他说："我们是医生，只管看病，不管患者从哪里来，不论他先在什么地方看过，只要到中医院来了，就必须热情接待，仔细诊断，认真负责地为患者治疗。"

正是有这种对社会高度负责的精神，有这种患者至上的品质，孙逢清的人格、医德得到社会广泛赞同。这些年来，他为医院的发展起到了很大的促进作用；为构建和谐社会，打造和谐的医患关系，做出了很大的贡献。他在岗时，年年都是优岗，十多次受到县里的奖励，曾当选为澧县第十二届人大代表。现在虽然退休了，但退而不休，仍然奋战在医疗第一线。他表示，作为一名军转干部，应该始终保持军人的本色、保持军人的作风，为地方经济发展、人民健康、社会稳定贡献一份力量。

（原载2010年2月5日《常德日报》，与梁先海合作，11月被人民日报社《人民文摘》转载）

挽救那如花的生命

——澧县中医院骨伤科抢救周慧的故事

2010年1月5日，当澧县中医院院长叶祚栋带着全院200多名职工捐助的4 520元钱送到年仅29岁的住院患者周慧的手中时，她母亲李金芳泣不成声，由衷感谢道："感谢中医院的领导及所有医务人员，要不是你们的热心帮助，我的小女儿只有等死了！"54岁的农家妇女李金芳的这一番肺腑之言，让所有在病房的人都情不自禁地流下了热泪，让我们走近这一对苦难的母女，倾听她们与命运抗争的心声。

丈夫狠心离家走，大女儿英年早逝

20世纪70年代，16岁的李金芳从津市新洲嫁到澧县小渡口。她和丈夫周自岩经营贩卖小猪生意，生活红红火火。1998年丈夫在益阳出了车祸，当年大女儿周小清匆促出了嫁。2000年8月，大女儿周小清患了尿毒症，2001年丈夫离家出走，家庭的重担压在妻子李金芳一个人的身上。为了给大女儿治病，2001年春节后李金芳拖着柔弱的身体带着小女儿周慧到浙江宁波市某五金厂打工。母亲李金芳回忆说，20岁的周慧虽然个子小但那时在工厂里非常能吃苦，时常加班加点每月挣800多元的工资，连同她做杂工的工资全部寄回来给姐姐治病。2003年，25岁的大女儿周小清却早早地离开了，当时女儿的父亲也没有回家看上一眼。谈及丈夫的离家出走，李金芳郁闷地说："俺只当他死在外面了，只可惜没能挽留住大女儿的生命。"李金芳又喃喃自语："外孙女今年 10 岁了。她妈妈死后，俺到学校悄悄地探望了一次，当时她还好像不太懂事，除给她买了一点零食外，就叫她好好读书，将来考个大学。每次打工回来，只能偷偷地看一眼俺的外孙女。"

千里迢迢挣苦钱，小女儿生死未卜

安葬了大女儿，已临近 2003 年春节。李金芳变卖了家产无奈地带着小女儿周慧又一次外出打工。

周慧，1981 年 6 月出生，初中毕业，在浙江宁波市某五金厂上班，母亲因没有文化，只好为工厂的员工烧饭炖菜。母女俩平时生活非常节省，两年之后还清了一万多元的债务。

2007 年的一天，周慧突然发现自己的右腿疼痛，眼睛肿胀，腰部不能直立，生活不便。刚开始，她还以为是工作加班太累所致。12 月 20 日，周慧在母亲的一再催促之下来到了宁波市溪口医院。通过小便、抽血等一系列化验，诊断为尿毒症。母女俩持怀疑态度，尔后在其他两家医院再次证实了这一结果。

手持诊断书，母女俩如五雷轰顶，眼前一黑，一下子瘫软在地。回到宿舍，母亲对周慧坚定地说："苦命的孩子，妈妈就是拼了这一条老命，也要救你出苦海，决不能让你走你姐的路！"母亲和女儿抱头痛哭了一夜。

2008 年，瘦小的周慧以吃药、输液来维持生命。2009 年 3 月 28 日，周慧因感冒在一家诊所吊盐水，吊到最后一瓶时突然感到口干舌燥，咳嗽不已，刚喝一小杯水，不到一分钟，肚子肿胀，呼吸困难，急忙转到溪口医院抢救才脱离了生命危险。2009 年 4 月 1 日，周慧在医生的建议下在颈部开刀置管开始做血液透析，排出体内的毒素，每周至少五次，每次至少四个多小时。仅两年的时间，周慧的医药费高达 8 万多元。

眼见手头窘迫，债台高筑。女儿流泪央求妈妈：回家乡去吧，即使死，我也要和姐姐葬在一起好陪伴她！妈妈心里明白女儿心思，拗不过她，母女俩商定回澧县。

回到阔别多年的家乡，家里一无所有。乡亲们得知周慧妹子的遭遇后，左邻右舍纷纷出人工和木材为母女俩搭建了一个二十多平方米的小屋。2009 年 10 月，周慧在津市市人民医院继续做血透治疗。送回了女儿，母亲横下一条心，又只身前往原来的老厂给女儿挣救命钱去了。

2009 年 11 月 21 日，刚做完血透回家的周慧在煤灶前烤火，突然她因头晕栽倒在地，人事不省，右脚被严重烧伤送至津市市人民医院。母亲得知女儿烧伤后心急如焚日夜又往回赶，在医院住院 20 天，花费医药费 2 500 元。右脚重度烧伤未愈，医生建议转入澧县人民医院治疗，又耗费四五千元后，医生建议转入上级医院。面对女儿的病情加重，母女俩恸哭一场。“难道我女儿只有坐以待毙？”母亲李金芳哭诉道。

白衣天使齐努力，截肢手术保生命

几位好心人告诉苦难的母女俩，听说澧县中医院有个龚医生能治好！李金芳半信半疑，第二天找到了门诊五十来岁的龚德顺医生。热情的龚医生向门急诊主任胡章翠介绍了患者的病情。胡主任立即向医院副院长秦勇做了具体详细的汇报。在胡主任的举荐下，患者的母亲李金芳见到秦院长。

“秦院长，您救救俺女儿的命吧！俺已经死了一个大女儿，周慧是俺心里头唯一的精神支柱。”李金芳老泪纵横，一下子双膝跪在秦院长的面前。在场的人都被这位伟大无私母亲的举动所感动！

李金芳掏出了身上仅有的 300 元钱交了住院押金，患者周慧很快被收入住院治疗。

2009 年 12 月 22 日，周慧住入九病室。她的主治医师是一位四十刚出头的中青年医生，名叫胡水清。胡医生是一位细心、热情的白衣大夫。

他仔细地检查了周慧烧伤的右腿，结合抽血化验的结果，发现肌酐达到878umol/L，肾小球滤过率 12ml/min，HGB 7.7g/L……是一位典型的中期尿毒症患者。胡医生将患者的病情向医院领导汇报，一场场科内会诊、院内会诊拉开了救治患者周慧的序幕。张立、郭绪兵、胡水清、朱娟、胡章翠、秦勇纷纷发表自己的意见和建议。“手术风险大，一是怕昏迷，二是怕手术出血不止……”周慧的主治医生胡水清担心地说。副院长秦勇综合大家的意见，最后制订了具体的手术方案。

12 月 29 日 8 时 30 分，患者的母亲李金芳签字后，周慧被推进了手术室。李金芳坐在手术室外面的椅子上，一想到多难的女儿又要受苦了，眼泪欲滴，但她强忍着泪水，并不停地为女儿在心里祈祷：手术成功，女儿平安。麻醉非常顺利。12 时 20 分，周慧的右下肢进行了塞姆截肢术，手术成功了！母亲抱着女儿的头，不停地安慰着，母女俩第一次露出了久违的笑容。

按照救治方案，手术后的第三天周慧又要做血透，每周 2—3 次。

母亲排除艰难险阻，推着轮椅走进了血透室。护士李海霞为周慧进行血液透析，服务周到，仔细认真，她那彩霞般美丽的身影与大海般宽广的情怀，构成了一道亮丽的风景，让周慧从不感受到寂寞。

医院捐助暖人心，社会各界应关注

每次血透需要四五个小时，做完血透后周慧一身的汗水，母亲总是不停地为女儿擦拭着身子，生怕女儿感冒。在周慧住院的日子里，母亲李金芳寸步不离，无微不至地护理着自己心爱的女儿。母女俩相依为命，共同挑战生命的事迹感动着九病室的全体医护工作人员。

科主任谭宏波将 29 岁患者周慧的遭遇向医院领导进行了汇报，并带头组织科室人员为周慧捐款。医院工会发出了《爱心捐助肾病患者——周慧的倡议书》，在全院开始募捐。爱心涌动病房门，无论是医院职工还是探望病人的好心人，他们纷至沓来，你 100 元，他 200 元……为躺在病床上的周慧传递爱心。更让母女感动的是，叶祚栋院长将全院200多名职工的4 520元善款亲手交给周慧，并叮嘱医务人员要用最好的医术和服务来救治周慧，让她感觉到社会大家庭的温暖。当县残联领导得知周慧的不幸后，同意免费为周慧安装假肢。

母女俩无以回报，请人用红纸写了两张感谢信，贴在医院醒目的墙上以示谢意！笔者在病房采访时，母女俩几次中断采访，泪水涟涟。但母女俩与病魔抗争的精神和毅力，让人们敬仰。周慧脚下的路还能走多远，实在让人担忧。我们愿好人一生平安，愿社会上有更多的好人来关爱周慧的生命。

（原载2010年3月5日《常德民生报》、2010年3月9日《常德日报》）

神农本草经催绽生命花

——澧县中医院推广中医药适宜技术服务新农村

“加快农村中医药事业发展，提高农村医疗服务水平，解决我县目前乡村中医人才缺乏的问题……把中医药工作重点放到农村去，寻求一条解决农民因病致贫、因病返贫的中医药发展路子，真正解决中医药技术人才紧缺，老药工青黄不接的问题。”这是县卫生局局长、推广领导小组组长孟令军在今年澧县中医药适宜技术培训班上的讲话。

“简、便、验、廉”的中医药适宜技术，在澧县风生水起，深受广大老百姓喜爱。中医院副院长滕自觉对我们介绍说，中医药是国粹，可由于中医西化，药材种植匮乏，中药加工濒临失传。中医讲究对症，一症一穴，譬如，耳尖放血就能缓解高血压；嘴皮打点麻药，痔疮就能收缩……县教育局某同志腰部严重扭伤以致无法出席会议，县中医院戴平医生运用平衡针对其诊治，立马见效，他准时参加了会议。

澧县2009年开始试点推广针对多发病、常见病的中医药适宜技术，全县以县中医院为依托，三个月的时间分期对32个乡镇卫生院、478个村和社区卫生室的中医和中西医结合人员进行了800人次的系统培训。孟令军亲自下乡督导中心卫生院；卫生局安排一名副局长和县中医院叶祚栋院长带队一行走村下户进行推广应用；县农合办和县医疗保险处出台了提高农村中医药适宜技术诊疗费报销比例的文件。全县把农村基层作为重点对象，要求村卫生室必须配有一名村医，广泛开展应用中医药适宜技术6

项以上，使农民能够花最省的钱得到最好的治疗；乡镇卫生院设置中医门诊，开设中医病房，开展中医药适宜技术不少于10项。全县32个乡镇卫生院全部建立了中医诊室和针灸理疗室，所有村卫生室添置相应的器械、中药柜。今年全县中医药服务比例较往年增长了30%，利用针灸、推拿、拔罐、刮痧、熏洗、敷贴等中医药适宜技术诊疗患者达13万多人次。

作为培训基地的澧县中医院弘扬中医药特色，走专科发展之路，常年引进大批的超微颗粒中药，自煎中药标本兼治；针灸、推拿、刮痧等中医药适宜技术为主的康复治疗服务大行其道。医院不遗余力促使中医药适宜技术推广项目深入乡村、社区，不仅培养了技术人才，扩大了服务范围，提升了综合服务能力，而且进一步扩大了广大群众对中医药的信任度、认知度和接受程度。

（原载2010年9月13日《湖南日报》，与易宗明、张相炎合作）

白衣天使的赞歌

——记澧县中医医院庹小芳护士的事迹

庹小芳，女，1986 年 1 月出生于澧县杨家坊乡，2007 年 6 月毕业于湖南中医药大学护理学专业，2009 年 7 月分配到澧县中医院。短短的 3 年时间，她由一名院校大学生很快成长为一名学习型的优秀护士。2011 年 3 月，她荣获医院“三好一满意”活动演讲比赛三等奖；2011 年 11 月，她荣获常德市中医护理技能操作比武第一名。亭亭玉立、一脸笑容的白衣天使，就像一颗耀眼明星在杏林中大放光彩。这一切都来自平时的刻苦学习，更来自知识的积累！

她从小家境贫困，父母常年在外务工，一直跟随着年迈的爷爷奶奶一起生活，她的学习成绩却非常优秀，周围人都说她聪明有天赋，但她自己知道，这都是平时自己刻苦努力学习、点滴积累的结果。

学校是知识的殿堂，是展示自己的平台。进入大学，她把学习作为第一任务。无论周一或周日，每天都制定详细的学习计划，严格按计划合理安排时间，勤奋学习，锐意进取。课外之余，她喜欢与同学们交流沟通，相互借鉴，取长补短，在短暂而美好的大学生活中，她成了湖南中医药大学护理班中的佼佼者，也是学校里小有名气的节目主持人。

学习是学生的天职，但只会学习书本知识的学生不能成为品学兼优的学生，更不能成为一名优秀护理工作者。由于刚参加工作，她发现自己在学校学到的理论知识不知道该如何与临床应用接轨，感觉自己好像又进入了一个全新的学习课堂。面对一个个被疾病折磨的病人，她懂得不能“纸上谈兵”，她非常虚心地向周围同仁学习，用心总结工作经验和操作技巧，工作上遇到疑问不解时总是翻阅书籍或向有丰富经验的前辈请教。和她在一起上班的护理妹妹们都知道，庹小芳的工作服里总是装着一叠小卡片，开始还以为她在写“日记”，后来才知道原来是她的工作小秘籍。她把在临床工作中碰到的一点一滴都记在小卡片上面，她知道“勤学如春起之苗，不见其增，日有所长。辍学如磨刀之石，不见其损，日有所亏”的道理。长期的知识积累，不仅提高了自己的护理专业水平，她也很快适应了工作。

对于一名护士来说，穿刺技术无疑是最难的。病人面对实习生总是不情愿甚至直接拒绝，怎么办呢？她想出了一个好方法，苦口婆心地动员所有亲朋好友给自己“练手”，她把省下来的零花钱掏出来慰劳他们，实在没有人愿意“献身”了，她只好在自己身体上扎针，那段时间她的两只手和一双脚上全都是针眼，大热天里她只能穿着长裤长袖，时常被别人误以为她是一个“怪物”。功夫不负苦心人，她的穿刺技术终于得到了提高，受到病友的一致好评。在临床工作中有时碰到新病人不愿意让她打针时，老病友都会这样说：“这个小护士打针可不比她老师差了，打得又准，还不疼！”

要想真正成为一名优秀的护士，一定要掌握护理三基知识，熟谙护理操作技能。她深知中医是一门博大精深的学科，更是中国人的国粹。每一位中医人都必须认真学习和钻研。在每次的理论考试和操作比赛中，她的成绩总是名列前茅。2010 年在迎接常德市中医药适宜技术推广验收中，她优美流畅地演示了操作流程，赢得了领导专家一致好评。2011 年 10 月，她和 5 名护士姐妹组合成一个团队进行了为期一个月的脱产训练，她每天从早到晚一丝不苟地练习刮痧、拔火罐等五项中医操作技术，晚上回家后认真学习中医理论知识。宝剑锋从磨砺出，梅花香自苦寒来。2011 年 11 月，常德市组织中医理论及操作技能比武结束后，主持人大声宣布：“艾条灸组综合第一名：澧县中医医院——庹小芳！”捧着荣誉证书，在一片掌声之中的她激动不已！一分耕耘，一分收获。机会永远只会留给有准备的人，她知道自己收获的不仅仅只有荣誉，还有自身素质和专业技能的提高，更有医院领导和科室同仁对自己的肯定和支持！

“不想当将军的士兵不是好士兵。”在外二科，车祸和突发性创伤病人较多，面对突发性的灾难，她往往总是冲在最前面，凭着自己“一针准”的高超技术和不怕脏和苦的精神，与医生密切配合全身心地投入对病人的抢救中去。有一次她在给病人吸痰时，因病人激烈咳嗽，大量的痰液喷射到她的脸上，她没有厌恶病人，后来该病人抽血化验，发现该患者是HIV（艾滋病病毒）阳性，她冒着被感染的危险，不顾个人安危，满腔热情服务该患者。她这种在平凡工作岗位上默默奉献，视病人为亲人的精神体现了一名白衣天使良好的职业道德。

为提升自己的护理专业水平，更好地为病人提供护理服务，她仍然省下一部分钱订阅和购买《当代护士》《中华护理》《为自己工作到最好》等书籍期刊，用十倍百倍的精神和顽强的毅力坚持自学，因为她觉得书中自有黄金屋。2009 年 10 月，她还参加了护理本科的成人高考。2010 年 3 月，她报考了吉首大学护理本科专业。五彩缤纷的生活像春天的花朵，让她每天都憧憬着未来。

成绩属于过去，工作任重道远。作为一名护士她知道自己的工作还做得远远不够，离患者的要求还有一段距离，她将继续发扬南丁格尔精神，立足本职平凡的工作岗位，用自己的青春年华谱写一曲华丽的乐章，让白衣天使的赞歌响唱澧州大地。

（2011 年 12 月，此文系医疗卫生系统“学习型标兵”推荐事迹材料）

弘扬中医药文化的力量

我们相约这里，敞开心扉，释放激情；我们相聚这里，讴歌岁月，畅想未来。5月4日晚7时30分，澧县中医医院“畅想春天”文艺晚会在县翊武影剧院以一曲开场舞蹈《欢聚一堂》拉开了序幕。

妇产科和脑病科（中风）的护士姐妹用优美、独特的舞蹈《异域天使》让现场的观众领略了浓郁的异国风情；双簧《小小住院医生》让观众捧腹大笑外，更从侧面讲述了一名住院医生的酸甜苦辣，让人回味无穷；外一科全体医护人员表演的舞蹈《天职》展示了白衣天使以关爱生命、救死扶伤为核心的职业道德风采；行政选送的配乐诗朗诵《春天的航程》带领我们在几代中医人一幕幕精彩的回望里飘逸出中医药文化的气息，在起伏的澧水之畔，春潮播出一浪浪催人奋进的歌声，给人一种诗情画意、美不胜收的享受；外二科医生雷亮一曲《留什么给你》的美妙歌声响彻云霄；财务科选送的歌伴舞《美丽的心情》将晚会现场映照得红红火火；眼科医护人员表演的情景剧《你是我的眼》用真实的故事演绎白内障患者对光明的渴望和对美好生活的追求，让全场1 000名观众潸然泪下，将晚会推向了高潮。一个个精彩的舞蹈愉悦心目，一段段经典的小品荡气回肠。歌声、呼声、笑声、掌声表达了白衣天使对中医医院的热爱、对神圣职业的爱慕之情。

“国粹精髓，妙手回春，抚平了人间的创伤，爱的花朵，点燃希望的太阳。”最后晚会在演职人员共同演唱《明天会更好》的歌声中徐徐落下了帷幕。

医院党委书记、院长滕自觉同志在文艺晚会现场发表了热情洋溢的讲话。他强调说，新的发展孕育着新的机遇和新的希望。今年是实施“十二五”规划、深化医药卫生体制改革的关键之年，全体中医人一定要认清形势，牢记使命，发扬主人翁精神，一心一意干事业，齐心协力创佳绩。我们要自觉站在医疗卫生体制改革的最前列，发扬识大体、顾大局的优良传统，充分发挥中医人在促进社会和谐稳定以及全县人民群众健康事业中的中流砥柱的作用，让我们的中医药事业焕发勃勃生机；全体中医人要以昂扬的斗志和饱满的热情，在平凡的工作岗位上谱写中医医院发展史上的新篇章，共同创造无愧于时代的新辉煌！

医院党委、工会和共青团联合主办了“第二届中医药文化节·畅想春天文艺晚会”。历时两个小时的文艺晚会惊艳四座，在力与美的造型、光与影的交错中，诠释了中医人敢朝沧海呼大志，一往无前书写求实创新的豪迈情怀。澧县县委、县政府和县卫生局等相关职能部门的领导观看了异彩纷呈的演出，盛赞晚会是一场充分彰显医院深厚文化底蕴、充分展示中医药文化艺术丰硕成果的盛宴。

（原载 2012 年 5 月 12 日《湖南省中医药简报》）

相濡以沫六十载

——记首届“市十佳金婚家庭”张大发和王南清的事迹

张大发，今年80岁高龄，是澧县中医医院的一名退休医生，中医内科副主任医师，中华全国中医学会湖南省澧县分会常务理事。老伴王南清比他大一岁。两人一路风雨走来，已经携手度过六十个春秋。2012年10月10日，二老身着一套得体的唐装，精神矍铄地走进常德电视台颁奖典礼现场，给人留下硬朗、乐观、健谈、和蔼的印象。

“半边户”的甜蜜婚姻

1951年9月，张大发与王南清喜结连理。第二年，20岁的张大发跟随王家厂镇的一位老中医曹顺银当学徒。1954年张大发在王家厂卫生院（联合集体诊所）任临床医生。1967年任王家厂地区卫生院江西卫生所长，着手建立下乡医疗队、开办卫生所，举办乡村医生培训班，家里全靠妻子王南清一个人来料理事务。那时候大队出集体工，农村还没有承包到户，家里没有男劳力的“半边户”（作者注：当时指丈夫有工作单位，妻子在农村种田）非常受歧视，王南清只得一个人干两个人的活，女人当男劳力使，她时常一个人早出晚归，像男人一样挑土筑堤，柔弱的肩膀不知脱了多少层皮！那个年代缺吃少穿，加上常年超负荷劳动，王南清的身体严重“透支”。有一次，王南清在挖堰塘淤泥时突然昏倒在地、人事不省，乡亲们连忙掐王南清的人中进行急救，然后灌了一大碗糖水才使她慢慢醒过来。乡亲们都说："你别这样苦自己，再这样下去会要命的！"为了不影响张大发的工作，王南清硬是不让家里人把这件事告诉他，直到过年回家，张大发才从老母亲的口中得知情况，张老当时真是又疼又恨，既疼惜妻子，又怨恨自己没能尽到做丈夫的责任。1962 年，王南清担任大队的妇女主任，在农村工作中更是事事带头，既是一位热心肠的"调解员"，也是大队出了名的"女强人"。

1961 年 10 月，结婚整整 10 年的张大发和王南清的爱情结晶姗姗来迟，大儿子终于来到这个世界，给夫妻俩及全家带来了无比的喜悦和幸福，于是夫妻俩给这个宝贝儿子取名"地久"，顾名思义——天长地久。两年后，爱女张迎春来到这个多彩的世界，全家人其乐融融。王南清每次出工回来，家里的老人、孩子需要照顾，还要养猪、喂鸡，琐碎的家务让她一忙就是大半夜，但王南清从不埋怨丈夫。因为，王南清深深懂得，自己的丈夫做的是天底下最高尚的工作，救死扶伤的责任比什么都重要。1998 年，王南清从农村老家来到县城和丈夫一起生活，夫妻俩住在医院的公房内，虽然生活条件依旧艰苦，但张大发和妻子王南清却将每一天都过得幸福充实、有滋有味。2008 年，妻子王南清患了糖尿病，张大发便每天按时督导妻子吃药，准时帮助注射胰岛素，并担当起妻子的"贴身大夫"，日复一日从不间断，目前王南清的病情基本得到控制。

张大发和王南清结婚六十多年，已是钻石婚了。金婚的价值，是无价的喜悦，那是用金钱换不到的真实情感，是永开不败的花朵！这对年迈的夫妻，恩恩爱爱，脸上荡漾着笑容，相伴而行的背影成为人们心中隽永的记忆。

六十载的中医情愫

1971 年 5 月，张大发从王家厂地区卫生院调到县城组建澧县小儿麻痹医院。

当时无论农事多忙碌、多劳累，王南清总是一个人扛在柔弱的肩上，好让丈夫张大发一门心思扑在工作上。1972年修建医院时，“8小时之内抢着干，8小时之外争贡献”，每一名职工一担筐、一把锄头，晚餐后轮流参加劳动，第二天正常上班。身为小儿麻痹科主任的张大发每天除了劳动，还要面对几十位患者，工作丝毫不敢松懈。从20世纪70年代初至80年代初，医院在贺家海、张大发等十名“首席专家”的努力下，他们采用内服中药、外贴麻痹膏，并运用针灸、推拿按摩等辨证施治，小儿麻痹症的治疗有效率达98%以上，治愈率达21%，治疗中风病人的有效率达80%以上，当时《人民日报》《光明日报》《湖南日报》《大众卫生报》、中央人民广播电台等20多家媒介对小儿麻痹医院的成果进行了宣传报道。从此，医院声誉享誉海内外，每天都有全国各地及马来西亚、新加坡等东南亚地区的不少患者慕名而来。

当时院里人手少，条件艰苦，交通又不便，为了接待这些远道而来的患者，张大发和同事们没日没夜工作在病房。那一年的大年三十，天空飘着鹅毛大雪，天气寒风刺骨，张大发忙得没能回家吃团年饭，心疼老伴的王南清从家里蒸了年糕，炒了几个菜，用棉袄捂紧后放在竹篮里，深一脚浅一脚地走了几十里山路来到医院时已是晚上七点多，虽然提来的年糕和菜早就凉透了，可医生和病友们却被感动得热泪盈眶，张大发硬是在哽咽中吃完了年饭。

1990年12月，张大发因病退休。病愈后张大发被医院返聘达10年之久，先后4次拒绝了珠海、长春、北京等大医院的高薪聘请，因为张大发眷念自己的家，也不想离开那些需要他的患者。2001年，68岁的张大发从工作岗位再次退下来，张老本想趁着这个机会好好报答报答妻子，并与妻子王南清安度晚年。可面对慕名而来的寻医问药者却让他们安静不下来，看着那些腰痛得直不起来的患者，张老又拿起了银针，老伴王南清便帮着撕胶布、贴膏药，成了张老的好帮手；生活中，王南清也是尽可能让丈夫把时间用于整理从医经验，自己承担了所有的家务。2006年，临澧县新安镇联校校长杨某患椎间盘突出症一年之多，几乎成了“佝偻人”，多次前往多家省城医院都治疗无果，张大发运用手法复位治疗100天，患者杨某的背部竟然直了，至今没有复发。2008 年，澧县护城居民朱某患椎间盘突出症两年，张大发采用针灸、热疗、秘方膏药治疗 1 个月，痊愈。八十高龄的二老一生清贫，乐观豁达，由于张老的医术高、医德好、人品佳，接待患者也只收取一些微薄的药费，因此，慕名而来的患者一直络绎不绝。

家庭和睦万事兴

夫妻俩一世为人正直，心地善良，古道热肠，勤俭朴素，教子有方，60 多年过去了，两位老人仍然相敬如宾，恩爱有加，疲惫时互相照顾，困难时相互鼓励，快乐时相互分享，对上讲孝道，对下讲慈爱，对别人讲奉献，对自己讲担当。

张大发和王南清夫妻在教育自己的子女甚至孙辈时，经常告诫他们：在工作中以国家和集体利益为重，大公无私，不要拿群众的东西，不占公家的便宜，要干一行爱一行，为社会和人民做贡献；在生活中不要奢求父母的财产，坐享其成，要吃苦耐劳，靠自己去努力奋斗，万事孝为先。子女及孙子在二老的言传身教下成为社会的有用之才。张大发和王南清夫妻生育了 2 个子女，大儿子张地久现任澧县农机局局长；二女儿张迎春是王家厂镇一位人民教师。孙子张礼帆，在爷爷奶奶的教育下，从小树立吃苦耐劳精神，立志做国家有用人才，2006 年考入中国矿业大学，在大学入了党，毕业后，响应国家号召，主动要求到国家西部工作。外孙朱陈晨大学毕业后在医院工作。如今，子女、孙辈都在事业上干出了成绩，张大发和王南清夫妻也倍感欣慰。张老说，一家人的平安、快乐就是他最大的幸福。

“莫道桑榆晚。”弹指一挥间，张大发和王南清夫妻相濡以沫走过了六十载春秋，他们的感情如一杯陈年老酒历久弥珍，这其间的酸甜苦辣让峥嵘岁月磨砺成甜香的蜜汁，飘洒在澧州大地。

（原载 2012 年 7 月 4 日《常德民生报》，与常德晚报记者郭妮合作；2012 年 11 月 29 日《常德日报》，与张春芳、文芳合作）

澧州杏林又一星

——记澧县中医医院副主任医师曾敏

我不能拒绝人们对中医的信赖和热爱。因此，我只有用自己毕生的努力在人们的心目中竖起一座座信赖中医、热爱中医的丰碑！

——题记

金秋十月，我们《墨池文学》编辑部一行受澧县中医医院之邀，来到医院门诊内科第一诊室，采访了中医副主任医师——曾敏。

直到当日下午 3 点多钟，前来找曾敏医生看病的患者仍然络绎不绝。我们不便打扰主人繁忙的工作，只好待在他明亮整洁的诊室捕捉一些我们需要的东西，很快被他诊室里的两个大书架所吸引。征得曾医生的同意，我们轻轻地打开了书架的门，里面陈列有序的竟是曾敏医生近年来亲笔记录的一本本诊疗笔记，乍一看就像一本本精装的印刷品，细一看全是曾医生长年累月一天天、一月月、一年年详细记录的患者姓名、年龄、住址、电话号码、患者的临床表现、理化检查资料、诊断结果以及处方用药清单和随访的诊疗效果，一个个案例记录得清清楚楚，一目了然，隽秀的字迹，详细地记录着无数例成功的案例和失败的教训。一年几乎每天都有详细记录，最多的一天记载了 56 例，最少的一天也有 24 例。我们被其中许多成功的案例的奇特疗效所震撼。根据其病例记录的信息，我们用手机直接联系了过去的一些患者或患者家属，不仅印证了病例的真实性和可信性，而且还获得了一些更有趣的、感人的医疗故事。

涔河村村民皮柏珍，15 年前患急性肝炎并肝硬化腹水，身目俱黄，腹大如鼓，腹壁青筋暴露似蜘蛛网，先后到省城三甲医院治疗两月无效。奄奄一息之际找到时任涔南卫生院院长的曾敏，通过中西医结合治疗一周后，患者腹水渐消，腹胀减轻，并有食欲。半月后症状明显好转直至出院。尔后，又给予中药调理半年痊愈，至今未发。李权哲，双龙乡村民李永高之孙。出生 15 天后不排大便，肚子渐渐隆起，一天比一天胀大，患儿阵发性哭闹不安，至 30 天后仍然不排便，不吃奶，肚皮如鼓，肚脐外翻，先后到多家医院多方诊治无效，正准备赴省城医院做剖腹探查之际，经人介绍找到时任第三人民医院院长的曾敏，结果仅用 6 角钱一包的中药三服，回家后急煎 1 剂，饮药 1 次约 20 毫升。大约 1 小时后患儿排出大量黑褐色黏液便一摊，顿时腹鼓明显缩小，2 小时后又排出类似大便约 1 000 毫升，尔后诸症全消，患儿至今体健无恙。涔南庆丰村段某之子两岁时患哮喘病持续发作，住院三天症状不缓，哭闹不止。曾敏大夫用曲安奈德注射定喘穴，下针注射不到半小时，小儿安然入睡，后用中药调理 2 月痊愈。患者今年已 22 岁，至今未发。居民张儒菊，女，63 岁。去年 8 月因高血压肾病并肾功能减退，血压持续 180/110 mmHg 以上，肌酐持续在 380 mmol/L。经外院住院治疗 3 月无效。曾敏用中药以济生肾气汤为基本方加益气活血，降浊祛痰中药，联合西药降压治疗等综合治疗 3 个月后，诸症消失，肌酐、尿素氮降至正常水平，血压下降且稳定在正常范围，随访至今未复发。

孙母，女，64 岁，界湖村人。6 年前，阴道不规则出血伴低热，全身消瘦。外院诊断为子宫肌瘤并继发性贫血，因患者惧怕开刀，其儿子找到曾医生用中药调理 2 个月后，肿块消失，出血停止，精神渐复，至今健在。

就在我们用电话采访完涔河村村民皮柏珍后，门诊室又从外院转来了一名叫韩艳的重症肝炎患者，今年 42 岁，盐井镇人，患乙型肝炎 20 余年。2 年前患肝硬化腹水，曾医生曾给予中西医结合治疗 3 月后腹水消退，症状缓解，肝功能恢复正常。近 2 月因劳累过度复发，直接去外院就诊，住院 20 多天后胆红素不降反升，肾功能也出现了问题，黄疸日益加深，精神日渐疲惫。无奈只好返回澧县找曾医生治疗。就诊时，该患者身黄如橘色，眼圈紫黑似熊猫眼，嘴唇发绀，腹胀如鼓，仰卧在担架上不能动弹，语音低微，曾医生优先接诊了她，望舌、切脉、触肝脾、叩腹壁、听心肺，接着认真地阅读了外院的出院记录和用药清单，然后认真地对患者说："你的病属于肝肾综合征，胆酶分离，病情很重，但仍然还有一线希望！"听医生这么一说，患者双眼闪出了希望的光芒，家属也当即办理了入院手续。如今，该患者通过曾敏医生利用中日友好医院焦树德教授治疗肝病的名方燮枢汤，配合西药综合治疗，病情出现了明显转机。

等到曾医生处理完最后一个病人已是下午 6 点多钟，我们问他累不累，他擦擦脸上的细汗，高兴地说："说不累是假话，但我很快乐！"一句朴实的话语，让我们触碰到了曾医生的人格魅力：面对如此众多的来自四面八方的病人，无论是老病友还是慕名而来的陌生人他都是笑容满面，一丝不苟，百问不厌。一天下来嗓音都嘶哑了，他不觉得累而是感到高兴和快乐。这样的医生，确实令人信赖，令人钦佩。当我们说明来意，想请他谈谈自己成长的过程和成功的秘诀时，曾敏非常淡定地笑着说："我只是尽了一个医生应尽的责任，做了自己喜欢做的工作！"

根据来访的需要，我们把目标对准了与曾医生朝夕相处的同事和朋友，这才使我们对他有了更深刻的了解。曾敏，原名曾敏昭，20 世纪 50 年代后期出生在一个知识分子家庭，父母都是教书人。他的一手好书法就是父母亲从小教成的。国家恢复高考的第一年，他金榜题名，在父亲"宁为良医勿为良相"的观念指引下，他成了常德卫校中医专科班的学生，终于圆了他的学医梦。1981 年毕业分配到了澧县雷公塔中心卫生医院，如愿地当上了一名临床医生，开始了他的从医生涯。

为了提高自己的业务水平，1984 年他又到湖南中医学院重点研读《伤寒论》《金匮要略》《黄帝内经》《温病条辨》《难经》等古典医学名著，从经典的中医古籍里汲取了丰富的医学营养，并不断地运用到临床实践，从而业务水平迅速提高，医疗技术水平日益见长，1999 年晋升为中医副主任医师，2008 年被评为澧县中医院名医。

曾敏从 1992 年至 2006 年曾在多家医院担任过副院长、院长，曾经成功地救活了三个濒临倒闭的乡镇卫生院。期间，曾获得省市县三级卫生行政主管部门授予的优秀院长称号。更难能可贵的是，无论管理工作再难再忙，他都能天天坚持与病人打交道，和患者交朋友。他的人生目标就是当一个好医生，造福自己的父老乡亲。为了圆梦，2006 年 8 月，时任澧县第三人民医院院长的他放弃诸多升迁的机会，来到澧县中医院在专家诊室当起了专职临床医生。一晃 7 年过去了，他每年都要接诊 1 万多人次的门诊病人，使无数疑难重症患者获得了健康，特别是对肝病、肾病和胃病等常见病的治疗上创造了很多医疗奇迹！他每年都有 40 多万字的诊疗记录和 20 多万字的读书笔记，并先后在省级以上专业期刊发表了 10 多篇学术论文。他不抽烟不喝酒不打牌，唯一的业余爱好就是打乒乓球。由于平时注重自身体育锻炼，他的身体很棒，工作起来很有精气神，一天到晚乐呵呵、笑眯眯。病人喜欢他，同行敬重他，领导器重他。

如今，在湘北地区，无论是城镇，还是乡村都在传颂着曾敏医生治病救人、廉洁从医的动人故事。我们为澧县中医医院能有这样一位德艺双馨的好医生而高兴，为澧州大地孕育出像曾敏这样大有作为的医学人才而欣慰……

我们相信，曾敏医生的与其等身高的医疗诊籍将会成为价值连城的医学文献和文化遗产。我们衷心期待，澧州医学界的这颗明星一定会更加明亮，更加璀璨夺目。

（原载 2013 年 12 月《墨池文学》杂志第 12 期，与万传文、柏依朴合作）

医者仁心为人民

——记澧县中医医院党委书记、院长滕自觉

近两年来，澧县中医医院以推进“民有所呼，我有所应，民有所求，我有所为”的核心医患关系价值观，全体医务人员全心全意实施“忠实履职，奉献百姓”建设成效显著，这充分彰显了中医事业快速发展的独特价值。值得我们赞赏的是澧县有一位传递正能量，凸显新作为，且具有人格魅力的好院长，他就是澧县中医医院党委书记、院长滕自觉。他先后两次荣立三等功，荣获常德市卫生系统“优秀共产党员”荣誉称号。滕自觉当选为澧县第十六届人大代表。

作为院长，他是医院管理的行家

作为一名资深的医院管理专家，院长滕自觉勤勉务实、开拓创新，是大家心中“最可信赖的智者”。2011 年 1 月，当他以“公正、公平、诚信、尽职、清廉”的就职宣言博得全院职工的阵阵掌声时，开启了他带领 400 多名中医人阔步向前的历程。三年来，他四处奔波争取和自筹资金，先后投入 8 000 万元新建了住院大楼、门诊综合大楼等，改善了住院和就医环境。

作为管理医院的“班长”，他充分调动科主任、护士长、职能主任和医院党委一班人的主观能动性和创造性，让大家共同“当家”、共同管

理。他还率先在全院打破“铁饭碗”，提出工资绩效的“二次分配”，提高员工的主动性和积极性。同时，他还出台了一系列科学的管理制度，使医院的发展步入健康的、良性的、快速的发展轨道。目前，全院干部职工心往一处想，劲往一处使，医院发展一年一大步、三年大变样，在医院发展上，被誉为澧县杏林深处飙出的一匹“黑马”。2011 年 12 月，医院荣获市卫生局“中医医院管理年活动”先进单位。2012 年 4 月，医院通过了湖南省中医药管理局“十二五”期间“专科建设”检查验收；同年 12 月，国投项目门诊、住院综合大楼改扩建工程投入临床使用。2013 年 4 月，医院经省级专家评审，顺利通过了新一轮“二甲”中医医院评审。

作为医生，他是老百姓心中的名医

1984 年，年仅 22 岁的他就已是澧县雷公塔镇中心卫生院的院长。作为一名外科副主任医师，滕自觉德艺双馨，是病友心中“最具善心的医生”。2010 年，他被医院授予“八大名医”荣誉称号，从医 30 余年，他精通外科常见病、多发病治疗，在外科领域有较深造诣，特别是对普外科疑难复杂疾病具有独到的见解。外科在他的主持下开展肝胆、胃肠、乳腺、甲状腺及腹腔镜微创手术，并在全市率先开展了腹腔镜保胆取石术，运用中医辨证治疗胆囊切除术后综合征，明显减轻胆囊切除术后患者近期不良反应。作为医生，他始终践行“病人的病情就是命令”。2013 年 7 月 12 日凌晨零时十五分，他接到电话报告，医院急诊科接收了一位澧县涔南 16 岁的车祸病人，患者熊某神智昏迷，面色苍白，全身多处软组织挫伤，经 B 超检查患者的腹腔内脏器破裂大量出血，患者生命垂危，需紧急输血与急诊手术，目前无家属在场。院长滕自觉边接听电话、边下达指令、边赶往医院。他亲自指挥调度、亲自参与治疗方案的拟定、并亲自上手术台，直至手术顺利完成，女孩平安送入重症监护病房。如此紧张、紧急、辛劳的画面在他的生活工作中经常上演。

作为代表，他是老百姓心中的代言人

2012年，滕自觉新当选为澧县人大代表。他，始终不忘“人民代表为人民”，是群众心中的“最佳倾听者”。他，经常深入基层、深入临床一线、深入社区、深入农村家庭，调研了解人民群众关心的热点、难点问题。2012年，医院配合县人民政府，成功创建“全国农村中医药工作先进县”。之前，他走遍了全县32个乡镇卫生院，478个村卫室，就中医药适宜技术推广、中医药服务能力提升进行调研、督查和指导。为让老百姓信中医、爱中医、用中医，他可没少花心思，组织专家定期下乡义诊、深入社区健康讲座，搭建“糖尿病之友”“康复之家”等平台，为老百姓免费提供健康咨询和医学援助服务。他积极参加全县人大组织和“三个一”活动，主动为贫困对象解囊相助上万元。在当选人大代表的一年时间里，“建立医疗纠纷第三方调处机制”“关注菜篮子”“加强城市管理”等3份沉甸甸的建议，得到了政府和社会的高度关注。

澧县中医医院在他的带领下，始终坚持“以人为本、中西合璧、凸显特色、惠泽民众”的宗旨，坚持“人才立院、科技兴院、质量荣院、特色强院”的发展战略，致力追求“精湛的医疗技术、优质的医疗服务、舒适的就医环境、合理的医疗收费”，努力打造“中医专科特色浓厚，澧水流域一流”的中医医院，不断满足广大人民群众对卫生服务的需求。

置身于深邃的东方文化里，遨游在博大的国粹长河中，澧县中医医院灿如中天日华，铸就不朽的辉煌。

欲问秋果何所累，自有春风雨潇潇。他就是这样勤奋工作、无私奉献，践行着一个人大代表、共产党员的崇高誓言。

（原载2014年2月《墨池文学》杂志第1—2期）

把生命点亮

——记澧县中医医院心血管科

一

2013 年 12 月的一天早晨，澧县中医医院院前急救电话“3120120”接到紧急呼救，救护车迅速出发，接来一位 72 岁的老人，因急性心肌梗死已经出现严重的呼吸困难症状，病情危急，“120”出车人员立即电话通知心血管科，科室医护人员在李松柏主任的带领下，在病房做好紧急抢救准备。就在对病人进行体格检查时，病人突发心脏骤停，医护人员迅速对病人进行心肺复苏。一次、两次、三次的除颤及一个小时的心肺复苏均未成功使病人恢复心跳。望着李主任脸上的汗珠，病人的家属甚至连在场的护士都认为这位老人没有希望了。全科医生没有放弃，仍然尽全力给予救治，除颤、心脏按压、人工气囊挤压、药物静脉注射……医生护士配合默契，抢救工作紧张有序。当老人终于睁开双眼时，大家才松了一口气，这时才发觉已到下午三点多钟，连午饭都没顾上吃。

病人家属感激涕零，一定要请医生护士去附近餐馆吃饭，结果被大家婉拒了。朴实的病人家属手足无措地对李主任说：“你们饭也不肯吃，让我怎么感谢你们呢？”李主任安慰道：“抢救病人是我们的天职，你不用放在心上，好好照顾病人去吧。”

一个月后，老人康复出院时，老人在北京工作的儿子赶了回来，临走时，他特意在病房的意见本上郑重地写道：“一个县级医院的心血管科，能有如此医术、医德、医风，实在叫人刮目相看，在这里，病人感受到了家庭般的温暖……”尔后又特意给医院赠送了一面锦旗，上面写着：医德双馨，恩重泰山。

像这样的事例，在医院心血管科不胜枚举。而很少有人知道，在新建的住院部十楼，这个硬件设施完善、环境优雅舒适的科室成立才一年左右，就已经成长为澧县中医医院的一个重点科室。科室团队精神好，凝聚力强，荣获常德市“青年文明号”，科主任李松柏曾荣获县卫生系统“十佳医务工作者”殊荣，护士长汪艳妮荣获县妇联“巾帼文明岗”标兵。

二

澧澹的一位老年女性患者，气喘、气促，一周在他院抢救多次，效果欠佳，遂转到澧县中医医院。当时，痛苦的老人对生存丧失信心。心血管科的医护人员询问病情时，老人也不予配合。结合老人的病史及检查资料，诊断为大量心包积液、高血压、冠心病，患者马上就要心包填塞，这可是要命的病啊，必须马上进行心包穿刺置管引流，可病人却不配合。副院长、主任医师秦勇得知情况后，深入病房紧急会诊，及时与病人、家属沟通交流，取得同意后立即进行床旁心包穿刺置管引流，患者症状马上改善。通过半个月的综合治疗，患者康复出院。

“医乃仁术”，这是主任医师秦勇常说的一句话。他不仅这样要求身边的医护人员，自己也用实际行动践行着这一点。多年来，无论是在患者还是在同行当中，他的医德、医术都有着极佳的口碑。他常教导医护人员的一句话就是：既然选择了医生这个职业，就要恪尽职守，对患者的生命高度负责。患者的生命就是一盏灯，我们要竭尽全力把它点亮。这是一位医生对职业的最高承诺，也是对生命的无比敬重。这种精神贯穿整个科室，科室的其他医护人员也和秦院长一样，认真对待每一位病人。

2014年1月24日，心血管科接收了一位44岁急性胸痛的男性患者，根据病史、临床表现和心电图检查结果，诊断为急性心肌梗死。李松柏主任凭借丰富的临床经验，果断地为患者进行溶栓治疗，半小时后患者症状得到减轻。事后他们感叹：时间就是生命。患者出院后，逢人就说："中医医院的医生不仅医术了得，而且把病人当亲人！要不是他们，我早见阎王了。"采访时，病友都说，心血管科的医生对待病人，不管病人来自县城还是乡下，也不管是干部还是百姓，他们都一视同仁，认真负责，关爱有加。医生的手机 24 小时畅通，只要病人需要，不管白天黑夜，不管是否上班，只要一个电话，他们总会及时赶到。他们认真写清每一项医嘱，难能可贵的是，怕患者与家属看不懂药嘱上的一些字母与术语，就用汉字写得清清楚楚、明明白白……

三

医院心血管科，除了有一个精诚协作的团队外，更有自己的特色和优势，那就是中西医结合。

走进心血管科，护士站的"中药储藏冰柜"与走廊内中医文化的宣传牌匾显得与众不同；病房内，医生诊查病人时，除了用听诊器听，还会"望、闻、问、切"；护士在病床间忙碌，有的在静脉输液，有的在健康宣教，有的在写"温馨提示牌"，有的在发放口服中药，有的在行中医操作，如耳穴压豆、穴位敷贴、艾条灸等，一切都让人耳目一新。

据了解，医院心血管科运用中西医结合诊治高血压、冠心病、心律失常、心力衰竭、心肌病、下肢深静脉血栓形成、心包积液等有显著的疗效，对于急性心肌梗死、不稳定心绞痛、心力衰竭、肺栓塞等心血管急危重症病救治经验相当丰富。特别是中西医结合治疗真心痛（急性心肌梗死）、穴位敷贴治疗胸痹（冠心病心绞痛）、中药经验方泡脚治疗高血压是心血管科的中医特色治疗技术。

同时，他们针对目前亚健康状态人群多的现状，根据中医养生理论，制定了健康饮食标准细则，创造了一套适合老年人的降压保健操，有关降血压的夏季茶疗方、食疗方与心血管病人的中医健康教育处方，编写了一本《心血管病健康指导手册》，免费发放给就诊的人群，深得广大病友喜欢。

四

2014 年 2 月 1 日，正月初二。科室来了一位熟悉的病人，这位姓尹的老人，是一位五保户。这位 70 多岁被冠心病折磨十余年的老人，每一次疾病发作都指名要到县中医医院治疗，每次死神逼近，他都是在这里重获新生。在住院过程中，他已经对心血管科的医生和护士产生了深厚的感情，他把这里当成了自己的家，尤其是在春节家家团圆的日子里。

多年的冠心病史，每一次发作都令尹老伯产生极度的恐慌，他总是被笼罩在死亡的阴影中。老伴去世早，又无儿无女，孤身一人的生活更令他长期精神抑郁。第一次到中医医院治疗时，是几年前的腊月底，他一个人在家孤单怕了，想在医院“热热闹闹”过个年。知道老人的心境后，护士长和年轻的护士们，时刻对老人给予无微不至的照顾。尝试以多种方式与老人沟通，努力打开老人忧郁的心结。过年时，外面买不到盒饭，护士长把自己的工作餐端给老人；吃药的时间到了，她们端上温度刚好的开水，督促老人吃药；深夜里，老人的被子没盖紧，她们轻轻地给老人盖好；有太阳了，她们推老人到楼下晒太阳，给予老人阳光般的温暖。

经过心血管科医生和护士们的精心治疗与护理，尹老伯的身体逐渐康复了。时间长了，他对医护人员非常信任，看着为他跑前跑后的护士们，他由衷地说：“你们就像我的亲闺女！”

护士长汪艳妮经常对护士说：“我们的一言一行，一举一动，病人都会看在眼里，记在心上。唯有真心付出，才能赢得病人的配合和信赖，病人心情好了，治疗就会有事半功倍的效果。”

病房内的服务如此温馨、热情，出院后呢？在心血管科住过院的病人都有这样的经历，出院后一周、一个月内都会接到科室管床医生、责任护士的随访电话。这是心血管科的延伸服务，他们通过电话回访在病人与医院之间架起了一座“连心桥”。

点亮心灯，点燃生命！澧县中医医院心血管科的医护人员，日夜坚守在自己的工作岗位上，以无私的行动诠释着生命的意义。

（2014 年 3 月原载《墨池文学》杂志第 3 期，与王国玫合作）

“冬病夏治”惠及百姓健康

——澧县中医医院开展“冬病夏治”活动纪实

7月18日是入伏的第一天，澧县中医医院精心准备和组织，由针灸推拿科主任戴平、内科副主任医师程克纯、胡章翠等专家领头正式启动一年一度的“冬病夏治”活动，吸引了众多市民前来敷贴。

据中医“冬病夏治”的理论，对于患有呼吸系统疾病等虚寒性疾病的人来说，夏天是一个最佳治疗时机。在一年中最热的“三伏天”，以辛温祛寒药物贴在背部不同穴位治疗，可以减轻哮喘、过敏性鼻炎、肩周炎等慢性疾病发作的症状。

在候诊区，一位家长带着孩子正在候诊，这位家长说，这是第二年带孩子来这里进行敷贴。“我的孩子患有哮喘，不能受凉，一受凉就喘不上气，就得去医院输液，去年夏天敷贴了之后，哮喘一直都没有犯，效果真的不错。”这位家长说，“前几天，听说今年的敷贴就要开始了，所以今天我又带着孩子过来了。”

“敷贴要贴3次，连续贴3年。”“今天第一次敷贴，每隔10天敷贴一次。”在导诊台前，医护人员不停地给患者解释。

今年72岁的向际银家住澧县澧南镇前进村，患有气管炎多年，为了尽早到中医医院进行敷贴，他7时50分就来到澧县中医医院。

虽然等了一个多小时，但是向际银老人对敷贴的效果还是很满意的。这是第二年来这里进行敷贴，去年敷贴后，是身体状况最好的一年，所以今年就又来了。“我原来一到冬天就不能干活，经常吃药，自从去年敷贴之后，气管炎的症状轻了许多。”向际银老人激动地说。

胡章翠介绍说，“三伏贴”适用于患呼吸系统疾病的人，如哮喘、慢性支气管炎、慢性鼻炎、慢性咽炎、易患感冒者；消化系统疾病的患者也可选用“三伏贴”，如虚寒型体质、慢性胃炎、肠炎等免疫系统疾病；风湿性及类风湿性关节炎也可用“三伏贴”。其适应证还包括老年人属于寒证的颈、肩、腰腿痛、小儿体质虚弱等。

针灸、拔罐、刮痧、内服中药等都能起到“冬病夏治”的效果。“冬病夏治”活动中，最具有代表性的治疗措施为“三伏天”的药物穴位贴敷，因为治疗的时间是每年的“三伏天”，所以称为三伏灸，也有人称此法为“三伏贴”。“三伏贴”采用具有温通功效的中药组方制成贴敷药物，作用好比针灸。因其疗效较好、操作简便、费用低廉、无明显副作用，得到了广泛的应用。针灸推拿科主任戴平补充说。

据了解，今年的“三伏天”为期40天时间。根据患者具体的病症选用不同的穴位，分别于三伏天各敷一次。病史较长或病情较为顽固者可适当增加贴敷次数，贴敷时间一般不超过24小时。不同的体质和不同的病症选用不同的穴位，同时可配合中药内服等治疗措施，“冬病夏治”的疗程最好连续应用3至5年。

程克纯还特别提醒：患者要明白“三伏贴”不是万能的，不能完全替代其他治疗手段。孕妇、严重皮肤疾患、高过敏体质者、感冒发热患者不能采用三伏贴敷贴疗法。

今年澧县中医医院启动“冬病夏治”以来，该医院组织20多名医护工作人员在县城区发放宣传资料达5 000份，一站式服务中心为患者提供咨询服务达3 000多人次，前来参加敷贴、拔罐、刮痧等治疗的患者达2 000余人。

（原载2014年8月《墨池文学》第8期）

践行群众路线　造福寻常百姓

——澧县中医医院下乡义诊工作侧记

5 月 11 日，澧县高堰村一位名叫向兰珍的患者因“反复右上腹疼痛 3 月”入住澧县中医医院外一科。经过彩超、化验等一系列的辅助检查，该患者符合微创手术条件。第二天上午 9 时，科室主任熊平、傅祖烽、胡礼军医生在全麻下施行腹腔镜胆囊切除术，术后患者生命体征平稳，于 15 日康复出院。“面对县城几家医院的抉择，我选择到澧县中医医院做手术是对的！微创手术损伤小、痛苦轻、恢复快，而且医药费也便宜，只花了 2 289 元，感谢你们的医护人员。”60 岁的向妈妈一脸喜悦地对笔者说。

这是今年澧县中医医院下乡义诊，免费开展疾病筛查、免费宣讲养生保健知识的惠民工程，更是他们深入开展党的群众路线教育实践活动的真实写照。

5 月 8 日上午 8 时，一辆健康爱心专车在该医院党委书记、院长滕自觉亲自带领下，载着自带 B 超、脑电图等部分医疗检查仪器的 10 名医务人员，沿着澧水大堤缓缓驶入澧县高堰村村委会。村口“热烈欢迎中医院医务人员来我村义诊”的横幅显得十分耀眼。上午 8 时 40 分，在书记胡明的热情接待下，拉开了疾病筛查的序幕。

“医生，我这两个月来腰疼得厉害，请帮我检查一下。”60 岁的向兰珍挤到傅祖烽医生的义诊桌前。询问了病情，傅医生开出一张 B 超报告单，让导医员将老人带到旁边的临时“B 超室”检查。10 分钟后，金鹏医生送来了 B 超报告单，发现患者胆囊内有一个 2 厘米的结石。傅医生给他开了消炎药，再三叮咛老人：“尽早到医院手术治疗。”妇产科医生宋雅琼在为妇女提供健康咨询服务的同时，发现了 1 例子宫肌瘤患者、2 例卵巢囊肿、7 例阴道炎症妇科疾病患者。眼科医生李一梅忙得不可开交，前来检查眼疾的患者达 40 余人，大部分是青光眼、角膜炎、胬肉、白内障患者。72 岁的老人向才群患有白内障，李医生热心地向患者宣传了医院正在开展的白内障免费“复明工程”爱心活动，村民们对中医医院这一善举啧啧称赞，患者向才群激动地说：“这是天大的好机会，我一定到你们那里做手术治疗。”

上午 11 时 30 分，村部又挤满了邻村前来就诊的村民。新建村二组 65 岁的张开柏患肛肠病多年，影响生活，听说县中医医院的医生下乡义诊，他放下手中的农活，前来就医。肛肠科主任刘锋热情地接待了他，经检查发现是混合痔，先开一盒痔疮膏擦一擦，建议他到医院做手术。腰腿疼痛、风湿关节炎也是困扰村民们的一大顽症。高堰村 66 岁的张金兰患有腰椎滑脱，李黎明边对照片子边耐心给患者解惑。孙群霞医生一上午接诊了 20 位糖尿病患者，易必桃、刘长珍、黄道旺等患者每人都得到了孙医生的一份“联系卡”。

这一天，最辛苦、最忙碌的要数心血管科主治医生、共产党员黄生龙，他给患者测血压、查疾病、开处方达 80 人次。

当天的义诊，医务人员对 300 多人进行了免费的疾病筛查与义诊工作，查出需要手术的患者 6 例，发放科普宣传资料 500 多份。

今年党的群众路线教育实践活动开展以来，医院组织医务人员到边远偏僻的农村、新农村建设点村、卫生系统内部对口帮扶单位提供良好的医疗卫生保健服务，义诊队伍中大多是共产党员、科主任和医院的中坚技术骨干，目前已赴全县 9 个乡镇和社区开展下乡义诊，免费疾病筛查、免费诊疗、免费宣讲养生保健知识。

据悉，澧县中医医院已连续十多年开展下乡义诊，免费疾病筛查、免费诊疗、免费健康宣教等工作。他们将此项工作列入党委的议事日程，纳入医院工作常态化、正规化的管理。常年组织医务人员进村入户，通过“零距离”与老百姓面对面地接触，落实县委、县政府的惠民举措。据统计，仅2013年医院为260名白内障手术患者补贴资金近25.7万元；为72名尿毒症病友补贴资金60余万元；为519名农村产妇补贴资金20余万元。他们用自己的实际行动，用自己真挚的感情，将党和政府的每一项惠民政策送到千万寻常百姓家。

（原载2015年6月《墨池文学》杂志第6期）

光明之家亮万家

——记“全国五好文明家庭”孙军家庭传承家风以德行医的故事

2016年三八妇女节，对于孙军的家庭来说，是一个特殊的日子，因为他家荣获了“全国五好文明家庭”称号。3月7日，孙军代表全家参加常德市“庆三八暨传承好家风·家庭故事会”主题演讲；3月8日参加澧县庆“三八”表彰大会，这是继2015年荣获全省“最美家庭”称号后的又一次殊荣。孙军医生牢记父亲的教诲，医术求精，以德行医，为澧水流域许多眼疾患者送去了光明。

普通家庭不普通

孙军生长在一个军医之家。父亲孙逢清曾是原广州军区一位很有名的眼科医生，参加过对越自卫反击战，为很多受伤的战友治好了眼睛，在战场上受到军区领导嘉奖，并荣立三等功。服役期间，先后12次获嘉奖，3次获“广州军区白求恩式的白衣天使”荣誉称号，《战士报》《湖南科技报》多次报道过孙逢清的先进事迹。

在父亲孙逢清的影响下，女儿孙艳、孙霞，儿子孙军，从小耳濡目染，发奋苦读，刻苦钻研，最终都继承父业成了医术精湛的眼科医生。儿子孙军大学毕业后义无反顾回到家乡，扎根澧县中医医院，献身眼科事业。

孙军的妻子刘梅芳虽然不是眼科医生，但同样是一名心灵的光明使者，一直从事教育事业，是澧县一完小的骨干老师，多次被评为县、市优秀教师，被学校评为优秀班主任。

和睦家庭最幸福

孙军与妻子结婚已有10年，女儿已经9岁，家中还有退休的父母，这是一个三世同堂的大家庭。儿孙绕膝，享受天伦之乐，是很多老人们一个传统朴素的愿望，但婆媳矛盾也是很多家庭无法回避的普遍现象。可在孙军的家里，父母谦和善良，受人敬重，婆婆疼媳妇胜过疼儿子；在媳妇刘梅芳的眼里，婆婆就是亲妈，一家人相敬如宾，从没红过脸。

当初，孙军爱上刘梅芳，就是因为她是一位知书达礼并富有爱心的好姑娘。在朋友的介绍下他俩一见钟情，情投意合，很快就定了终身。10年间，两人互相关爱，互相体谅，成为别人羡慕的一对恩爱夫妻。

父母是孩子最好的榜样，孩子是父母的影子。因为有着长辈们的关爱付出，有着孙军夫妇的教育，女儿孙璐颖在他们共同创造的爱的氛围中快乐成长，不仅学习成绩优秀，而且多才多艺，更重要的是有颗感恩的心。

光明之家亮万家

这些年来，孙军通过多次进修深造学习，医术更为精湛，白内障手术、视网膜脱离复位手术、近视眼放射状角膜切开手术、白内障人工晶体植入手术等都是他最为擅长的项目。2010年，孙军接过姐姐孙艳手中的接力棒，担任澧县中医医院眼科主任。2013年荣立三等功，先后4次获嘉奖。在他的带领下，中医医院眼科2012年集体获常德市总工会“巾帼芙蓉标兵岗”荣誉称号，2016年医院眼科承办了常德市第四届眼科学术年会。

自2006年初至今，澧县中医医院被确定实施“湖南省第一光明视觉行动”后，孙军和姐姐孙艳、孙霞每年都接收500余名白内障患者做手术治疗，成功率100%。2013年3月至2015年3月，孙军所带的眼科团队每天收治眼疾患者80多人，最多的一天达118人，超历史纪录。2014年，孙军带领眼科15名医护人员日夜奋战，科室全年创下1 000万元的业务收入，科室年年被评为“全面工作先进科室”。每年6月6日是全国爱眼日，孙军都会被邀请到澧县电视台录制节目，义务为全县的眼疾患者和中小学生做好健康宣教工作。

在孙军一家人的努力和带领下，医院眼科一举成为澧水流域响当当的品牌专科，澧县、津市、临澧、石门、安乡及湖北公安、松滋、石首等地患者，都慕名前来就诊。一位62岁的患者唐某以一首“艳阳去乌云，霞光照万里，军医显神威，光明洒人间”表达对孙氏眼科的感激之情，这些沉甸甸的赞誉就是对孙氏眼科最好的褒奖。

（原载2016年3月8日常德市广播电视台、2016年3月12日《常德日报》、澧县人民政府网）

精准扶贫到点村

——澧县中医医院赴码头铺镇万家岗村结对帮扶工作侧记

5 月 18 日，阳光普照大地，万物生机盎然。澧县中医医院党委书记、院长滕自觉率领班子成员、院务会成员共 10 人驱车前往澧县码头铺镇万家岗村，开展结对帮扶工作。

下午 1 时 30 分，他们从县城出发，一路驱车向西北驶去，绕道穿越山间小溪、农田水渠、茂密树林……车辆在村级道路上时快时慢，偶尔一个紧急刹车，抑或“人仰马翻”，嬉笑喧天；路旁的碎石矿“烟土弥漫”，从空气中散发出一种刺鼻的异味，一向过敏反应大，且受长途颠簸晕车之苦的护理部主任张春芳险些吐了。透过车窗的玻璃，一群村民在田间地头忙碌的身影以及身后满目的金银花、修长的翠毛竹倏地掠过我们的视野。大家谈笑风生，经过两个多小时的车程，终于抵达了目的地——码头铺镇万家岗村。

其实，万家岗村多名干部和医院选派到该村的工作队员曾献弘早已在村门口恭候多时。一见面，大家互相介绍，中医医院的“客人”个个好像跟回到了自己的“娘家”似的，握手致意，嘘寒问暖，亲情、友情、同志情一下子交融在一起。

据村支书吕方泽介绍，万家岗村现有村民 1 350 余人，512 户，4 个村民小组，其中特困对象 65 户 165 人，他（她）们大都因疾病、缺劳力、缺资金致贫。谈到万家岗村今后五年的发展时，吕书记满怀信心地向滕自觉院长说：“目前我们村部配套设施不齐，亟须新建办公楼和文体活动中心；亟须建设1条村级硬化公路；亟须完成15户村民危房改造；实施教育助学‘雨露计划’30名；计划发展村级产业——油茶100亩；计划完成5期技能培训500人次；三年内需要项目资金240万元。目前，我们村支两委班子团结务实，信心满怀，干劲十足，正因为有你们中医医院的坚强帮扶，还有县政协、县税务局、政务中心、澧县六中等四家后盾单位。在新农村建设中，由县税务局牵头，县中医医院等其他单位安排工作队员长期驻扎，同生产、同劳动，通过精准扶贫，帮扶到位，力争村民的人均收入增加2 800元以上，让贫困户在‘十三五’规划期间脱贫致富。”

思想是行动的先导，“两学一做”更是务实之举。听完万家岗村吕书记的工作汇报，作为澧县人大代表的滕自觉深感责任重大。此刻，他没有多少豪言壮语，只有“一心为民、真心为民脱贫致富”的宏伟蓝图填装在他心里。因此，他知道今年年初召开了全省委扶贫开发暨全面建成小康社会推进工作会，要坚持以全面建成小康社会为统揽，以新发展理念为引领，聚焦短板，突出精准，坚决打赢脱贫攻坚关键战役，努力夺取决胜阶段全面胜利。滕自觉院长动情地说：“湖南还有590多万人没有脱贫，到2020年一定要脱贫摘帽。目前，澧县也不容乐观，万家岗村还有100多人没有脱贫。刚才听完吕书记的汇报，我的心情非常沉重，少部分老百姓还不富裕，特别是特困户的日子非常艰难，我们今天主要是一对一地见面对结，回去后认真研究和部署工作，责任分解到人，落实好县委、县政府精准扶贫工作要求。”

下午3时48分，县中医医院院长滕自觉带领班子成员一行人在万家岗村村支两委的带路下，开始登门走访特困户，一一走访帮扶对结。院党委成员、副院长戴清华在吕书记的带路下，头顶着烈日，沿着山间公路步行1公里，见着了正在家门口栽棉花苗的陈联珍老人。戴清华从小出生在农村，深知村民们劳作的艰辛，一声亲切的“大妈，您好……”像自己亲生的闺女一样，让陈大妈心甜如蜜，笑口常开。通过拉家常的形式不仅缩短了与老人之间的距离，而且戴清华也知晓了陈联珍老人的“家底”。2

个小时的“零距离”的接触，11个特困户全部走访到位。夕阳西下，我们大家还进行了合影，留下了永恒记忆。临行时，澧县中医医院院长滕自觉还亲手交给吕方泽书记6 000元，帮助村部完成今年油茶栽种购苗计划。

授人以鱼，更应授之以“渔”；输血，更重要的是“造血”。在新农村建设的征程中，我们后盾单位一定要举全力，帮扶万家岗村村民，早日脱贫。同时，我们真诚地祝愿万家岗村村民们的生活蒸蒸日上，甜甜蜜蜜。

（原载2016年5月23日《华声微常德》、澧县人民政府网）

受之无愧的大红金匾

——澧县中医医院心血管科抢救一位70岁住院患者的故事

6月30日，家住澧县澧阳街道澹阳社区的刘志金老人康复出院了。两天前，老人的老伴张相炎与女儿张敏特地请人制作了一块金匾送到澧县中医医院，感谢该院心血管科的医护人员，是他们，用精湛的医术、良好的服务，将刘志金从死亡线上拉了回来！

事情的经过还得从两个月前说起。4月22日下午，患高血压30多年的刘志金老人因头晕乏力来到澧县中医医院就诊，经CT扫描等检查，医生发现老人所患疾病为Ⅰ型主动脉夹层，仅剩一层薄皮的血管随时可能破裂，危及生命。当晚，中医医院急忙将病人转至常德市某医院，次日确诊病情后，紧接着又转诊长沙某知名医院，并在该院施行了动脉血管置换术。手术虽然非常成功，但由于患者年事已高，恢复期间出现了两次大反复，特别是第二次大反复后，情况危急，院方发出了病危通知书。

6月6日晚，刘志金老人的儿子无奈之下不得不将母亲从长沙接回澧县，送到中医医院心血管科继续救治。当时，老人神志不清、反复抽搐、眼珠发灰、人瘦成了皮包骨，喂流汁食品都不会咽，生命垂危。科主任李松柏接诊后，当即采取心电监护、吸氧、留置胃管、抗炎、营养神经、改善心功能、营养支持等一系列治疗措施。次日，病危的老人出现转机，初步恢复了神志。3天后，老人的神志恢复了正常。一周后，老人开始吃稀饭。10天后，老人可以下床活动。经过医护人员20多天的精心治疗、护理，老人终于康复出院。

据张相炎老人回忆，老伴转回澧县时，他感到治好的希望不大了，于是着手安排后事，不仅准备了墓地、棺材、寿衣，连主持丧事的人也请好了。不料澧县中医医院的医生妙手回春，将老伴从死亡线上拉了回来。为了感谢医生、护士，张相炎与女儿特地送来了一块写有“德高一等，技超群伦”8 个大字的金匾。

（原载 2016 年 7 月 1 日《常德日报》、澧县人民政府网，与记者田继舫合作）

澧县中医医院介入诊疗技术进入快车道

——隆重召开澧县介入诊疗信息通报及科室规范化建设研讨会

12月8日，由澧县中医医院主办、华医之春协办的介入诊疗信息通报及科室规范化建设研讨会在澧县中医医院大会议室举行，湖南省人民医院副院长、省微创介入医学中心主任向华教授，中南大学湘雅二医院心血管教授、博士生导师沈向前教授，华医之春总经理李维予女士，常德市第一中医医院副院长刘志军教授，常德市第一中医医院心血管科主任杨模国教授，澧县卫计局党组书记孟令军，澧县卫计局副局长李传栋，澧县人社局城乡居民医保办主任熊学金，澧县中医医院党委书记、院长滕自觉以及来自四川、广西、河南、贵州和湖南省部分地市县及常德市各区县人民医院、中医医院的专家学者、心血管介入医生，全县各乡镇卫生院业务院长，澧阳街道社区服务中心负责人约200人参加会议。

会议由澧县中医医院副院长李松柏主持，媒体记者们就介入诊疗相关政策、医疗效果、适宜人群等问题分别进行了提问。向华、沈向前、李维予、熊学金、李传栋及中医医院副院长秦勇针对这些问题分别作了回答。随后，省人民医院王庆博士、省人民医院副院长向华教授和中南大学湘雅二医院沈向前教授分别就“从医疗安全角度浅谈主动脉夹层的诊治”“现代介入医学在临床中的应用”“冠脉解剖与冠状动脉造影”作了精彩的学术报告。下午，常德市第一中医医院心血科主任杨模国等7位专家就介入诊疗病例进行热烈的讨论；郑州大学第二附属医院等12位专家就介入科室规范化建设发表了许多合理化的意见与建议。同时，澧县中医医院介入科组织专家做了 3 台介入手术，供与会者现场观摩学习。

据了解，澧县中医医院 2016 年介入开科仅 8 个月时间就已开展 400 例介入手术，在心血管、外周血管、前列腺、肿瘤、妇科等各类手术中都取得一定的成功并积累了丰富经验，培养出了医院自己的介入人才，在当地形成了自己的科室优势。介入诊疗技术的成功推广应用，再次助推了医院的发展，也真正为患者解除了病痛。

（原载 2016 年 12 月《常德日报》《墨池文学》杂志，与记者田继舫、柏依朴合作）

用心血带好团队　用心灯点亮患者

——记常德市“双十佳”医护工作者宋燕护士长的事迹

宋燕，女，35岁，中共党员，澧县中医医院心血管科护士长。先后两次荣立三等功，荣获医院“十佳医务工作者”“优秀共产党员”、县级“芙蓉百岗明星”称号；她所在的科室每年被评为医院“全面先进科室”，并分别荣获县、市级“青年文明号”，省级“工人先锋号”。

完善个人自我发展

卫校护理专业毕业的宋燕，为了不断提升自己的学历和护理专业水平，她于2007年赴湘雅附一进修ICU，之后又多次参加护理短训班，坚持每年订阅《当代护士》《中华护理杂志》等护理专业杂志，已有论文在专业期刊上公开发表。现在她成长为医院护理骨干、护理能手、院内“护理专家”。她带领的护理团队中先后有三名护士在市中医护理技能与专科护理能力竞赛中分别荣获一、二、三等奖。2000年宋燕在医院爱岗敬业演讲赛中获一等奖。2001年宋燕主动申请到最繁忙的内科锻炼。2003年宋燕主动请缨赴阻击非典第一线，2008年入党，2010年起，担任医院内科党支部组织委员。

精心护理救治病人

宋燕的专业素养，让护理姐妹与病友们交口称赞。2015 年 12 月，科室一名轻微抽搐的智障患者抽血时碰到“问题”，宋燕查看患者后，立即上监护、备氧、备吸痰、备除颤仪、建立静脉通路，提醒医生该患者病情危重。一小时后，患者心跳骤停，因观察及时，准备充分，最终使其转危为安。每次走进病房，宋燕都会对病友嘘寒问暖，细心询问，并真诚提供帮助，每周五下午组织科内病友及家属进行健康知识宣讲。今年 2 月，心血管科开展介入诊疗，为了让病友对治疗充满信心，保障病友的安全，她从术前准备、健康宣讲到术后的观察与护理，可谓费尽了心。三个月时间，心血管科开展介入手术 54 例。

人性管理温暖他人

宋燕走上护理管理岗位，先后担任脑病科（中风）、脾胃肺病科、心血管科护士长。心血管科开放床位有 65 张，年收治患者数、住院床日数、危急重症患者数均居全院病房之首。2015 年，宋燕带领科室 10 名护士姐妹，护理病人 18 504 床日，参与抢救危重症病人 120 余人次。考虑到科室护理团队常年高负荷运转，高强度的精神压力，宋燕科学安排护理排班，采取弹性排班、AN 排班。为关心结婚、怀孕、生小孩的护士姐妹，加班加点成为她工作的常态。

点亮心灯，点燃生命。宋燕牢记南丁格尔誓言，并在自己平凡的岗位上继承发扬南丁格尔精神，吃苦耐劳、甘于奉献，用自己的青春年华谱写一曲华丽的乐章，让白衣天使的赞歌唱响澧州大地。

（原载 2016 年 12 月 23 日《以澧为荣》，与戴清华、张春芳合作）

匠心良医

——记澧县中医医院副院长、主任医师秦勇

这些年，网上流行一个说法：一个好中医就是一座全科医院。这话放在澧县中医医院秦勇医师的身上，一点也不为过。走进医院门诊大楼，在他的诊室门口，总是挤满了前来就诊的病人。有的患者宁愿等上一整天，也要找他就诊。因为在患者心目中，他就是妙手回春的“华佗”。

身为澧县中医医院副院长的秦勇，不仅是患者心目中的好医生，也是医院干部职工公认的好领导。不管肩头的责任有多重，手上的工作有多繁忙，他总是牢牢记住最为重要的职责：我是一个救死扶伤的医生!

从医 35 年来，他一直是澧县中医医院的骨干医生，也是澧县卫生系统为数不多的教授级别主任医师之一。他牵头组建了消化内镜诊疗室、血液净化室、重症监护室、睡眠呼吸监测室、急诊科、介入室等众多新的科室。在不断的学习和进取中，他引领和促进着中医医院的发展与壮大。在中医医院，他完成了第一例治疗性人工气道机械通气应用，第一例脑出血血肿软通道引流术，第一例肝脓肿置管引流术，第一例经皮穿刺肺 / 肝 / 腹膜后肿物活检术，第一例中心静脉临时 / 长期透析导管置入术……无数个第一，让中医医院领先于澧县的其他医疗机构。

匠 力

匠心是一种修炼，更是一种境界。有了匠心才有匠力。

2015 年 8 月的一天中午，秦医生看完上午的最后一个病人正要下班时，急诊室打来电话，说来了一个已休克的病人，怀疑是心肌梗死，正在做心电图，让他在介入手术室做准备。

秦勇一听病人已休克，心一下揪紧了，他知道这种病人生命复苏的黄金时间只有三个小时，过三小时后心肌就会坏死，神仙也救不活了。他一路小跑冲进手术室，几乎同时，团队其他成员也及时赶到。这时候，病人也被推了进来，他们立即实施手术。两个小时后，手术成功了。秦勇长舒一口气，患者家属感激涕零地说："多亏了你们这支能与死神赛跑的团队，了不起啊！"

其实家属并不知道，这例手术的成功，不仅取决于与死神赛跑的速度，更归功于新开设的介入科。自从澧县中医医院开展微创手术后，秦勇就对介入放射学很感兴趣。这是一门融合了影像诊断和临床治疗于一体的新兴学科。秦勇对这个学科了解得比较早，他系统地查阅了大量的资料，给院领导提出了引入介入治疗的建议，很快得到了院方的肯定，派出骨干医生到大医院学习，技术成熟后，于 2015 年开设了介入科，投入巨资引进相关设备，建立了澧县首家规范化介入手术室。为此，2016 年，年过半百的秦勇还专门到郑州去学习。

2016 年 4 月，急诊科送来一位病人，脸色蜡黄，呻吟不已，病情危急。初步诊断为肝癌突发破裂，大出血会引发腹痛、失血性休克等症状，抢救不及时会危及生命。如果开腹手术，风险很大，手术创伤大有可能导致肝功能恶化。秦医生果断决定用介入微创手术治疗。

肝癌破裂介入疗法，无须全麻，用一根不到 5 毫米的针，穿刺大腿根部血管，进入血管腔内，在血管造影机的辅助下找到出血点，用特殊的栓塞材料堵住，达到止血的目的，同时，介入术中可栓塞肿瘤供血动脉，抑制肿瘤生长，疗效显著。

尤其2019年6月，澧县中医医院成功实施了难度更大的全县首例颈内动脉支架微介入术，挽救了一位缺血性脑卒中患者的生命。

匠 德

匠术再高超，如果没有匠德，也难成优秀的工匠。从医更是如此。

有天下午，秦勇在门诊接待了一位72岁的老人，老人说自己上肢麻木，秦勇怀疑有中风的可能，就让老人脱鞋，想确定他的下肢是否麻木。老人有所顾虑，秦勇微笑道："没事，您让我看看您的脚。"老人这才不好意思地脱掉鞋，伸出脚来，随即，一阵难闻的脚臭气扑面而来。秦勇始终微笑着，很自然地把老人的脚搁在自己腿上，帮他褪去袜子，一看，满是脚癣和死皮。秦勇没有半点嫌弃，边按压边问老人的感觉，最后诊断老人有湿症和轻微中风，交代他多吃点红豆薏米粥，然后开了治中风的中药。

老人刚走，下一个病人就抢上来，秦勇没有急于为他诊断，而是起身走到水池边，用消毒液认真洗手。诊室里等候诊断的其他病人，都用赞赏的目光看着这一幕。大家心里非常清楚，能为下一个病人如此负责的医生，是值得患者信赖的。

有一天，门诊来了一位35岁的妇女，她递上别家医院的病历本，并说了自己的症状。秦勇诊断后认为病情不严重，说她只是宫寒，注意保暖就行，没开药。

没想到女人一下激动起来，急道："我听好多人说，您是这块儿最好的中医，医术相当不错，所以我昨天特意从石门赶来，在澧县过夜，为的就是能早点挂上您的号。没想到您却这样打发我，您仔细看我的病历没有？人家检查是宫颈糜烂，各种治疗已经花上万了。你看我的脸色，憔悴得没个人样，没病谁还找医生啊？"

秦勇听了，一点也不恼，耐心解释道："女人十有八九都有宫寒，这是体质问题。你的病历和检查单我都仔细看了，不严重。你这种症状，很多少女也有，很正常的。你不要给自己太多的心理压力，每年做一次内窥镜检查，以防宫颈癌的发生。记住，要相信自己的身体，心态好才是关键。”一番话说得女人似有所悟，半信半疑地点点头，走了。

过了好长一段时间，这女人又来了，气色好了许多，她是陪另一位女人来看病的，她对旁人说了上次看病的经历，然后发自肺腑地说道：“秦院长是一位好医生，他没花我一分钱，却治好了我久治不愈的病。这样的医生，值得信赖。所以，我今天就把我表妹带来了。”

匠　术

大凡能工巧匠，都讲究匠术的修炼。对医生来说，医术即匠术。

中医诊断先要经过望、闻、问、切。但人体是个有机整体，局部病变会影响全身，好的中医医生能从外部表象发现潜在的疾病。

2014 年春，秦勇在门诊接待一个中年患者，病人说最近一段时间是不是上火了，解大手不舒服，让秦医生开点中药调理下。秦勇问了他解大手的形状、颜色、间隔时间等详细情况后，认为不是单纯的上火那么简单，就把他带到里间做了指检，判断是早期直肠癌，要求他做个肠镜检查。果然，肠镜检查发现了癌。在术后治疗中，秦勇了解病人的家族病史后，立即建议患者哥哥也做个肠镜检查，结果一查也是直肠癌。两例手术都很成功，因为发现早，手术及时，兄弟俩都无大碍。

还有一位是从常德市人民医院重症监护病房转来的病人，病人“脑挫裂伤，脾破裂切除术后，腹腔脓肿，股骨粉碎性骨折”，市医院医生断言生存不会超过三个月。秦医生接手时，病人危象百出，生命体征衰竭。他结合中医的治疗特点辨证施治，内服外敷中药，托毒排脓，同时采取手法复位，小夹板固定，配合针灸理疗，半个月后，病人度过了危险期，精心诊治三月后出院，一年后患者肢体功能恢复良好，生活基本能自理。

作为匠心良医，这样的事例数不胜数。

记得有位护士说过这么一句话：在我看来，医生就是修复生命的工匠，而且是最为伟大的工匠。秦勇作为医生工匠，总是追求完美，精益求精，不断学习，勇于创新。他和自己的团队每周都要对全院的医护人员进行急症知识的重点培训，让他们能根据病情及时做出判断，为挽回病人的生命赢得宝贵时间。

每一位康复的病人，就是他精雕细琢的生命“艺术品”，工匠精神在他的身上达到了最高境界，得到了最好体现。没有匠心，难成良医。秦勇就是工匠精神的传承者，他不仅是中医医院内科学科的带头人，也是介入学科的标兵。

（原载 2019 年 10 月 15 日《人文澧州》，与王国玫、卢小铃合作）

重症监护室里的“追光者”

——记澧县中医医院重症医学科主任马迎秋

重症监护室，被称为“生命的最后一道防线”，这是一个没有硝烟的战场，病魔与死神环伺其间，然而生的希望和生命的奇迹也在此缔造。

马迎秋，就是这最后一道防线的辛勤构筑者与坚定捍卫者，他技术精湛，深耕急诊急救领域十余载，是澧县中医医院 ICU 兼急诊科主任、常德市医学会重症医学专业委员会委员；他兢兢业业，把 ICU 的工作都当作生死大事来抓，亲自规范重症急救的每一项流程，抓实每一个细节，帮助患者紧紧把住生命的闸口；他德厚流光，全年从未完整休息过一天，每天上班到得最早、走得最晚，遇到突发状况或危重病人，在值班室一熬便是几个通宵，40 多岁的人，两鬓早已华发丛生，但他无怨无悔，就像他自己所说的那样：在恐惧中创造希望、在濒危中延续生机，让生命之光驱散死亡的阴霾，是 ICU 医生最大的职责所在、最大的价值所在，作为一名 ICU 医务工作者，我为此感到十分自豪，也将用毕生心血经营好这庄重的事业。由于表现突出，马迎秋被评为澧县首届最美医务工作者，2013 年至 2017 年连续五年被县人民政府授予“三等功”，2019 年被县委授予“优秀共产党员”称号。

悬壶济世

马迎秋说，当一个人与救危济难、救死扶伤联系到一起，那就是一辈子的事业，就再也割舍不了、分离不开了。

正是在这一初心的引导下，马迎秋选择了成为一名大夫，每天看病诊疗、正常上下班，日子虽然平淡、但也充实。直到有一天晚上，他接到120 出诊指令，到达现场后发现是一名心脏病病人，病人呼吸心跳骤停，马迎秋立即运用急救技术对患者进行心肺复苏，经过近一个小时的抢救，病人恢复了心跳和呼吸，随即被转运到医院，在系统治疗后，病人转危为安，顺利出院。事后病人家属感激不已，说道："马医生，多亏了您，把我父亲从鬼门关里拉了回来。"马迎秋却说："这是医生的职责，也是我的本分。"正是这次际遇，让马迎秋深刻感受到了生命的脆弱，他迫切想做点什么，让更多的生命通过自己的双手被挽救回来。于是，带着这样的赤子情怀，他自愿申请参与重症医学科建设，接受最严苛的考验、解决最疑难的问题，这一干就是 6 年多。

生如夏花

马迎秋说，他愿做这夏花之上的暖阳，给予它光和热，让它永远灿烂。面对生的危机，挽狂澜于既倒、扶大厦之将倾，马迎秋用实际行动诠释着自己的铮铮誓言。

重症医学学科建科不久，院里的一个病人因为肝硬化失代偿期，伴消化道大出血，导致昏迷休克。院长给马迎秋说明情况后，他立即做出治疗方案，并决定在病床旁进行胃镜下止血治疗。对多器官功能衰竭的患者进行胃镜下套扎止血，风险极高、死亡率大，有人劝他说："马医生，这个治疗搞不得啊，弄得不好就是医疗事故。"马迎秋却不为所动，表示："不这样治疗，病人一定死，这样治疗，还有生的希望。我愿意承担一切责任。”在患者还带有气管插管的情形下，马迎秋艰难套扎成功，其后仍未放松警惕，继续输血补液对症治疗，直到患者生命体征平稳，这时，马迎秋已在重症监护室待了一个昼夜。

前年冬天，呼吸内科来了一位老病人，老人的儿子凭借以往的经验，认为老人是“慢阻肺”复发了，想让医生开点药回家治疗。恰好马迎秋也在，他看到这个病人口唇发绀、满头大汗、呼吸急促，急忙告知家属及接诊医生：老人家病情危重，必须马上抢救。果然，病人刚进入抢救室就昏迷了。其后，通过紧急气管插管、呼吸机辅助治疗、急诊胸腔闭式引流，把老人救了过来，老人的儿子目睹了整个抢救过程，事后紧紧握住马迎秋的手，哽咽得说不出话来。

马迎秋就是这样一个人，总是在最恶劣的局面迎难而上，在最危急的关头挺身而出，让生命的光彩重现、让岁月的芳华绽放。

大医精诚

马迎秋说，越深入做这项工作，对生命越感到敬畏，越需如临深渊、如履薄冰，越需不断提高专业水准。

2012 年，马迎秋主动申请到湘雅附二医院进修心血管及 ICU，深入学习了省级医院的先进技术和管理协作模式，进修返院后，亲自指导参与了重症医学科的组建。其后，他又一步一个脚印，不断学习急救先进技术，不断优化技术提升临床路径，不断打造能“打胜仗”的坚强队伍。2013 年带头重点攻关重症医学，提高对急危重患者的诊疗水平；2016 年带领中医院成功跻身常德市 ICU 技术领先方阵；2017 年率队在市中医医院急诊急救场景模拟大赛中勇夺桂冠；2018 年，在赴浙江大学附一进修 ICU 后，倾囊相授，将院内 ICU 团队的技术水准提升到了一个新的高度。

在他的带领下，重症医学科还开展了无创及有创血流动力学监测，使危重症患者治疗更加精准；开展了重症超声，为液体复苏、心功能监测提供了理论依据；熟练微创经皮气切术，使病人的手术创伤明显降低；探索纤维支气管镜治疗重症肺炎方法，提高了重症呼吸机相关性肺炎的治疗机会，等等。在他的带领下，重症医学科成为一支战斗力强、凝聚力强、使命感强、责任感强的“四强”队伍，经 ICU 抢救的危重病人，成功率在 90% 以上。

赤诚担当

赤诚担当，马迎秋说，我们是人民的医生，也是党的干部，任何时候都要用担当作为践行对人民的承诺和对党的忠诚。

那是 2017 年冬季的一天晚上，县城内一男子倒地不起，被急救车送到中医医院，经初步检查，发现该患者颅内血肿引发脑疝，命悬一线，手术刻不容缓。手术前需要病人家属签字，可病人家属一个没来。生死时刻，马迎秋做出决断：马上开通绿色通道，准备急诊手术，全力抢救病人！输液、给氧、吸痰、备皮……得益于精准的术前急救和准备工作，手术很成功。其后，该患者被转至 ICU 继续治疗，6 天后，医院查明患者本人是个流浪汉、身无分文，而且父母双亡，唯一的哥哥外出打工杳无音信。这时马迎秋又站了出来，带头捐款捐物，在他的带动和感染下，一场爱心捐助在院内迅速展开，ICU 还买来了米汤、鱼汤、骨头汤，每隔两三个小时就对患者进行鼻饲……直到这名患者顺利康复转科。

马迎秋不仅在救治危重症患者上鞠躬尽瘁，更是将推广普及急诊急救知识作为义不容辞的责任。他率先在全县开展了“现场救护——第一目击者行动”，还经常到机关、厂矿、学校、社区等地进行急救知识普及培训，有效提高了大众的自救互救能力。

作为一名共产党员，马迎秋深情地说道：“我们医务工作者，是党培养起来的，也代表了党的形象。我们在工作中多精细一点、多奉献一点，把病人治好，把病人从死亡的边缘拉回来，就不负医者的初心和使命了，党在群众中的凝聚力和向心力也会因为我们而不断增强。”

征途正未有穷期，不待扬鞭自奋蹄。救死扶伤的使命仍然在肩、ICU

发展完善的重任仍然在肩，马迎秋表示，将不忘初心、牢记使命，用一腔热血谱写更多的灵魂之曲，创造更多的生命奇迹。

（2019 年澧县卫健系统“最美中医人”参与创作之一，原载 2019 年《城头山视窗》第 6 期）

下辈子　我要当一名医生

8 月 19 日，是中国医师节。我们在翊武影剧院欢聚一堂，隆重庆祝由中共澧县县委宣传部主办、澧县卫生健康局承办的澧县第二届中国医师节暨首届“最美医务工作者”颁奖典礼，共同见证了澧州大地白衣天使的超然风采。

这台颁奖典礼绝世空前，美轮美奂，尊医重卫，鼓舞人心，特别是澧县县委书记廖可元深情拥抱“最美医务工作者”陈南芙的镜头让人为之动容，这不仅是对陈南芙医师个人工作成绩的肯定，更是对全县 4 000 余名医务人员最大的褒奖!

颁奖典礼上受表彰的 12 名“最美医务工作者”和 18 名“先进医务工作者”是澧县卫健行业的杰出代表，集中展现他们常年深入临床第一线，用自己的青春和年华诠释着“敬佑生命，救死扶伤，大爱无疆”的职业精神和坚守“医者仁心、悬壶济世”的坚强信仰，他们的名字永远镌刻在人民的心中，他们的事迹将激励着医疗卫生战线上的每一名医务工作者。

我生长在农村，孩提时代脑海中只知道“赤脚医生”，后来才懂得医生的真正含义。19 岁从军，32 岁转业回澧县。2001 年 12 月，我被县民政局分配到澧县中医院工作。当时我这个既不学医、也不懂医的转业军人简直就是一个“门外汉”，医院更显得像一座神秘和高深莫测的“迷宫”。

我在部队因擅长新闻写作，于是在医院专门从事办公室兼宣传工作。

18 年来，我白天与医护人员打交道，夜晚与文字为伍青灯作伴，心甘情愿为白衣天使做“嫁衣”，讴歌医生和护士的先进事迹，为医院的建设和发展贡献自己的一份力量。

我从事医院行政管理工作，下辈子我选择当一名医师。随着社会的阅历不断地增强，在医院工作时间长了，我懂得：医者，不仅在于技深，更在于德馨；医者，不仅在于术巧，更在于心仁；医德双馨，才配做“名医”。“坚守悬壶济世，弘扬中华医学。你为病人祛痛疗疾，用银针除病患，用良心铸口碑。”这是评审委员会给“最美医务工作者”彭军的颁奖词。在澧县医疗卫生战线上像彭军这样的最美医生，可谓不胜枚举，像我院的针灸科的戴平医师、疼痛科的李冬医师、副院长李松柏、副院长秦勇，他们在继承传统医学的同时勇于创新，人人都有一手“绝活”——微创技术，是深受患者喜欢的“香饽饽”。

我从事医院行政管理工作，下辈子我选择当一名医师。要当好一名医师不容易，当好一名受老百姓称赞的“名医”更不容易。“秉承古训，博采众长，精勤不倦，融贯中西”是学医之道、从医之德。下辈子，我要像澧县大堰垱镇中心卫生院副院长苏向东学习，以他为楷模，一生学以致用，中西结合；一世在清贫中坚守，在困境中拼搏；视病友为亲人，热忱服务；洁身自好，无欲无求，做一名撑起生命尊严的医者，保护一方百姓的健康。

我从事医院行政管理工作，下辈子我选择当一名医师。澧县小渡口镇五公村有一名特殊的医务工作者，他的名字叫田丕华。他 6 岁罹患小儿麻痹症，整天以泪水洗脸，每天与双拐为伴，但他决不向命运低头，毅然从师父亲学习医术，瘦小的身躯和一副拐杖时常成为出诊路上一道最靓丽的风景。

下辈子，我不想自己变为一名残疾的医师，但从田丕华医师的身上，我学到了一种不折不挠、奋发向上的精神；人生中，我懂得有一种执着叫坚守，有一种精神叫奉献。只要树立学医的理想，坚定从医的信念，在平凡的医疗工作岗位上锲而不舍地奋斗，把自己的青春和年华无私地奉献祖国的医学事业，我终身不悔！

我从事医院行政管理工作，下辈子我选择当一名医师。思想是行动的先导。我要时刻保持清醒的头脑，加强党性修养和政治理论学习，认真遵守政治规矩和组织纪律，拒腐蚀，永不沾，自觉维护党中央的权威。同时，要想当好一名医师，除上述四点必备条件外还要提升科室的团队合作、协调及组织能力，凝心聚力，出色完成上级交办的各项工作任务。

昨夜，我美梦成真！我梦见自己成为一名光荣的医师，举手自己的右手与一群医师在隆重“中国医师节”前庄严地宣誓：我志愿献身人类的健康事业；敬佑生命，救死扶伤；平等仁爱，尊师重道；诚实守信，恪守医德，精益求精，慎思笃行……梦醒时分，笑靥灿烂，我终于实现了自己半个世纪的夙愿。

（原载2019年10月《人文澧州》，“医者仁心　敬佑生命”——澧县首届“最美医务工作者”颁奖典礼观后感优秀征文二等奖作品）

身患重症坚不催　一心为党献余热

——记“焦裕禄式”的退休干部程克纯

程克纯，男，1958 年 8 月出生，1981 年 3 月参加工作，1984 年 6 月入党，大专文化，中医副主任医师，曾任澧县中医医院副院长、副书记、纪检委员、工会主席、主任科员。现任澧县中医医院关工委常务副主任、老干一支部书记。2012 年他负责该医院退休人员党支部工作。2018 年退休，他一直被返聘在健康管理中心，负责全县的体检、治未病等工作。近 10 年来，他不辞劳苦、兢兢业业负责离退休党支部工作，他充分发挥党支部的作用，为医院的建设发展贡献余热。特别是今年确诊患胰腺癌后，他没有被病魔所吓倒，积极调整心态，边化疗边工作。他这种“忠于职守，勤勤恳恳，一心为党，忘我工作”精神被广大干部职工称赞为“焦裕禄式”的好干部。

对党忠诚，服从组织分工。他是一位老领导、老党员、老革命，在医院工作近 40 年，党政职务更迭，理想信念坚定，始终不渝跟党走。他曾担任过医院的副院长、副书记、纪委书记、行政支部书记、老干支部书记、关工委常务副主任等，时间跨度达 20 余年，但他从不讲价钱，从不谈条件，一切听党指挥，服从组织安排。他积极学习党的十九大精神、习近平总书记系列重要讲话精神和习近平新时代中国特色社会主义思想，落实“三会一课”，勤记笔记，勤写体会，政治素养得到持续提升。他坚决拥护党的路线、方针、政策，具有较强的政治意识、大局意识、核心意识和看齐意识。自觉克服“重业务轻政治”的错误思想，注重将政治思想与实际工作相结合。对待工作从不挑拣，勇挑重担，除老干一支部书记本职工作外，2018 年退休后他还负责医院健康管理中心工作、医院创“三甲”资料及全县卫生系统修志工作、全县每年高考学生体检工作、全县关工委工作等，他总是干一行、爱一行、钻一行、精一行，工作中兢兢业业，勤勤恳恳，任劳任怨，从没有出现差错。

带头履职，落实老干工作。近 10 年来，他坚持学习党的路线、方针、政策，学习全县老干退休工作相关文件规定，通过熟练掌握政策，坚持不懈地为老干部传递新思想、新观念，激发退休党员自觉参与组织活动，紧跟时代步伐，为医院的建设发展贡献余热。老干一支部共有 41 名党员，他始终将退休党员的政治理论学习、思想教育摆在重要的位置上，建立健全老干支部组织，完善组织生活制度，摸清退休人员的“底子”，做好退休党员信息录入，结合老干部的特点灵活开展了“五个要和五个不要”活动，从思想源头上遏制了党员的自由主义言行，维护了党员的形象。2018 年合并澧州医院后，部分退休职工和少数退休党员反映“节日福利费”的问题，强烈要求医院党委“补发”其福利费。作为老干一支部的书记，他从讲政治、讲大局的高度主动做大家的思想工作；针对个别同志，他单独上门，通过“动之以情、晓之以理”的沟通和交流，他终于化解了一场“福利风波”，维护了医院的团结与稳定。

他在老干工作中身体力行，开展丰富多彩的退休党员活动，增强退休党员的荣誉感和归属感。2018 年 6 月 27 日，在医院党委的统一部署下，他组织 3 名退休党员积极参加全院举办的庆“七一党建知识”竞赛等系列活动。同时，老干支部每年开展“传统教育”主题党日活动，形式多样、精彩纷呈。2019 年“七一前夕”，他组织 7 名老党员巡回宣讲我党的光荣传统及医院的创业史、发展史，利用传统教育，真正起到了老党员、老同志“传帮带”的作用，增加医院党员干部的凝聚力、战斗力和向心力。

诠释生命，谱写人生乐章。他的人生变幻无穷，折射出生命那一束耀眼的光芒。作为一名医院领导，他严于律己，宽以待人，管理有方；作为一名白衣大夫，他爱岗敬业，心系患友，医德双馨；作为一名老干一支部书记，他忠贞不渝，脚踏实地，两袖清风，特别让人敬佩的是2020年身患癌症之后，他长期坚持与病魔作斗争，边吃药边化疗，仍然坚守在平凡的工作岗位上默默地无私奉献青春，谱写人生华丽的乐章！

老骥伏枥，志在千里。退休返聘后，他工作的干劲更足，他工作的激情更高，处处都有他高大伟岸的身影。在医院里，他经常奋战在抗击新冠肺炎临床一线，确保人民生命安全；在科室里，他每天接待高考体检、健康咨询指导千余人次；在县卫健局，有他编辑《澧县卫生志》夜以继日挑灯奋战的身影；在全县19乡镇及街道社区，有他下乡检查指导中医工作的身影；在支部党员活动室里，有他“三会一课”滔滔宣讲的声音；在澧县黄家套农庄，有他组织支部老党员“重温入党誓词”铿锵有力的声音；学校里，有他随医务人员到城区县直各中小学免费义务宣讲“爱牙、爱眼”卫生保健等健康宣教知识的身影……

对于人生，有他独特的理解：生命不求长短，重在它的宽度；工作不求数量，重在它的质量，即使命悬一线，更要不负韶华，坚决完成党组织交给自己的光荣使命。唯有雄心多壮志，敢教日月换新天。守初心，担使命，生命不息，奋斗不止。这就是一名共产党员对党和人民的无私情怀！这就是一名老干支部书记对伟大事业最高的人生追求。

（2020年7月推荐澧县首届“最美老干部”评选材料）

松柏之志　让国粹绽露芳华

——记县级劳模、澧县中医医院院长李松柏

“沉沉之质，其风如壁；松柏之志，有韧不移。身怀医技之长，秉承高尚医德。医者之大，不仅治人，更在医心，让国粹绽露芳华。”这是澧县第七次劳模评选组委会给予澧县中医医院院长李松柏的劳模表彰颁奖词。

2009 年获医院首届“十佳医务工作者”称号，2010 年，获全县“十佳医务工作者”称号，先后荣立三等功三次，2018 年获医院学科成就奖，2020 年荣获湖南省抗击新冠肺炎疫情先进个人；2021 年被澧县县委授予“优秀共产党员”称号。

坚定做到“两个维护”的政治自觉，始终对党绝对忠诚

他把旗帜鲜明讲政治作为对自己的第一要求，做到党有号召坚决响应、党有决定坚决执行、党有命令坚决服从，始终在政治上站得稳、靠得住、能放心。开展工作时，凡事注重政治效果、考虑政治影响，推动政治与业务融为一体、高度统一。坚持以抓党建引领全面发展，推进支部“五化”建设，以坚强党支部带动业务科室服务质量提升；利用行业优势，组织开展为民服务“主题党日”活动 100 余次，助力发挥党员医务工作者的先锋模范作用；组织党员干部开展精准扶贫工作，帮助 65 户成功脱贫；

加强党风廉政建设，强化纪律约束，推动医务人员拒收红包 7 万余元，开展不正之风专项整治工作，涵养风清气正，促进医德医风建设。

用生命守护生命，在抗疫最前沿展现共产党人鲜明政治本色

他从医二十四年来，始终秉持一个理念：自己不只是一名业务医生，更是一名党的干部，任何时候都要听党话、跟党走。当新冠肺炎疫情肆虐全国的危急时刻、当人民群众生命健康受到威胁的危难时刻，他义不容辞、义无反顾地投入战“疫”最前沿，与病毒搏杀、为生命护航，让党的旗帜在澧州大地上高高飘扬。

2020 年 1 月 25 日，大年初一晚 7 时，县防控指挥部决定由中医医院在澧南卫生院建立医疗救治点。他闻讯后主动请战，得到同意后马不停蹄带队前往救治点。县防控指挥部要求救治点必须在 27 日接收病员，只有一天多的筹备时间，时间就是生命，他迅即组织全体队员进行国家新冠肺炎诊疗方案、医院诊疗流程、院感防控等培训，同时抓紧改造隔离病房，连续奋战 30 多个小时没有合眼，做到了按时收治新冠肺炎疑似患者。抗疫初期，由于防护装备紧缺，只能身着简易防护服工作，为更大程度保障同事安全，他总是留在隔离病房里时间最长的那个人。为了节约医疗器具，他还尽量坚持上班时间不吃不喝、不上厕所，忍受生理极限。当时为降低人员感染概率，救治点没有配备后勤人员，想着让其他同事多休息一会，他总是每天换班后独自背着喷雾器，对病区进行消毒。在诊疗过程中，他认真负责、严格把关，成功发现了一例隐瞒与湖北亲属密切接触患者的确诊病例，遏止了可能因漏诊而产生的疫情扩散风险，真正做到了为老百姓筑就疫情防控钢铁防线。

全天工作近 20 个小时，眼球经常充满血丝，耳朵和鼻梁被口罩勒到破皮渗血，双手被汗水浸到泛白，经常席地而眠……在他的带领下，澧南医疗救治点充分发挥中西医结合的优势，收治的 32 例疑似新冠肺炎患者全部顺利康复出院，无一人产生相关后遗症和并发症。

把大医精诚作为执业追求，以精湛的技术为人民健康保驾护航

学者型医生、专家型干部，这是他身上的标签，也是大家对他的普遍印象。他自己坚信，只有本领过硬，才能更好地治病救人、救死扶伤。

理论是实践的先导，他非常注重医学理论的学习和研究，并在国家级、省级杂志上发表了《膈下逐瘀汤合大承气汤加减治疗急性胰腺炎 86 例观察》等 12 篇医学论文，内科诊疗功底不断夯实；他主导的科研课题《自拟益气活血祛瘀方辅助静脉溶栓治疗急性心肌梗死的作用机理研究》获得湖南省自然科学基金项目，推动了相关诊疗技术的创新；他还经常参加各类医学学术交流活动，曾在全省内科年会上获得疑难病例讨论最佳个人奖。

作为医院心血管病专家和介入医学学科带头人，他每天要参与病友的日常治疗、疑难病例会诊以及全院危重病友的抢救，任务繁重。但他仍不忘对医疗技术进行提升和创新，时刻紧盯国内学科前沿动态和最新技术应用，开拓进取、厚积薄发。在他的带领下，医院介入诊疗科从无到有，由弱到强；心血管科队伍不断壮大，诊疗技术在全县处于领先水平。在他的亲自主持下，医院在急性心肌梗死静脉溶栓治疗，心血管、脑血管及外周介入诊疗技术，心律失常射频消融技术，心脏起搏器植入等方面取得重大突破，极大地提升了医院的整体综合实力，为创建三级医院打下了坚实的技术基础。2020 年医师节，他带领的介入医疗团队荣获“新技术应用推广及创新奖”。李松柏履职院长以来，他推动儿科、脑病科（中风）、针灸科、心血管科省级中医重点专科建设，肛肠科、骨伤科省级中医特色专科建设，眼科、糖尿病科市级中医重点专科建设，医院中医诊疗技术水平和服务能力全面提高，2021 年已收治病人近 2.3 万人次，完成各类手术 6 000 余台次，患者满意度达 95% 以上，收到患者锦旗 37 面。

厚植一切为病友的真挚情怀，用医德双馨践行党的初心使命

他坚持“群众的事、患者的事再小也是大事”的理念，推动医院牢固树立群众观点、践行群众路线，特别是党史学习教育以来，把为群众办实事作为检验党组织战斗力、党员先进性的重要体现，全面提高医院服务的温度和深度，真正做到情为民所系、利为民所谋。

他亲自推动医院打造优质服务品牌，全面推行 6S 精细化管理，倡导“以病友为中心”，落实“首问负责、起身相迎、随手关门、及时接听、微笑相送”的 20 字方针，做到“患者的诉求在哪里、医院的服务就跟进到哪里，患者的困难在哪里、医院的关怀就跟踪到哪里”。注重服务意识的培养和服务能力的提升，开展优质护理服务病房评选活动，6 面红旗在 20 个科室中实行竞争流动，营造“比学赶帮超”的良好氛围。落实优质服务联席会议制度，实行问题清单交办制、问题整改销号制，推动各职能部门保障措施越来越实。定期召开住院病陪人座谈会，听取服务对象的意见与建议，聚焦工作中出现的短板弱项，不断改进提升。组织开展多项专题义诊活动，深入到农村、社区、机关、学校、养老院等，为老百姓提供免费诊疗和中医药养生理疗，惠及群众 2 000 余人次，真正做到把健康送到了家门口。启动“魅力中医与爱同行”志愿服务活动，成立“医”心为民等 7 支志愿服务队，通过健康讲座、困难帮扶、诊疗服务、无偿献血、爱心募捐等形式，传递社会正能量，打造澧县中医人亮丽名片。

（原载 2021 年 9 月《城头山视窗》第 4 期，与何健秋合作）

第三部分

奋楫扬帆

谋篇布局明方向

传承创新求发展

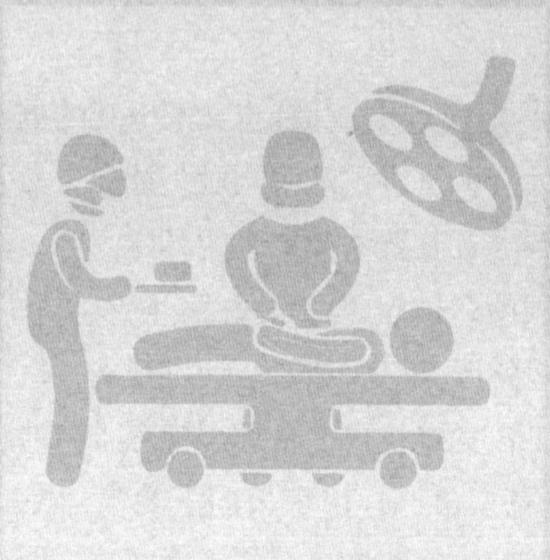

医德新风拂杏林

澧县中医院始终把医德医风建设作为“医院管理年”重要内容，坚持“以病人为中心，以提高医疗质量”为主题，狠抓职工素质教育，转变服务作风，提高服务质量，收到较好的效果。

践行社会主义荣辱观　营造“院兴我荣、院衰我耻”氛围

医院以全国政协十届四次会议关于树立社会主义荣辱观的重要讲话为指南，多次召开院务会、职工大会，宣讲“八荣八耻”社会主义荣辱观，组织学习《公民道德建设纲要》《五五普法读本》的具体内容，教育引导广大职工争做道德高尚的白衣天使；树立“院兴我荣、院衰我耻”的思想意识；以良好的医德，精湛的医术服务广大患者。通过开展“八荣八耻”社会主义荣辱观教育，广大职工自觉查找自己在思想观念，精神状态等方面的不足，用先进的思想文化充实自己，用积极向上的精神理念激励自己。现在医院精神状态良好，涌现出像医务科主任庹文钊等一批爱岗敬业的典型。

11 月 3 日，一名名叫皮秋香的农村妇女给医院领导写来感谢信，感谢医生彭信平，药剂人员文继红，收费员胡玉梅。她在信中叙述，11 月 1 日深夜，其儿子患重感冒，中医院儿科彭信平医生半夜起来为儿子开处方，

药剂、收费处的工作人员也服务周到，医院有这种优质服务，令她非常感谢和钦佩。

治理商业贿赂　规范医务人员廉洁自律

医院成立了“一把手”负总责的治理商业贿赂专项工作领导小组。通过思想教育、自查自纠、查处案件、健全制度等措施，使医院干部职工受到深刻的法律法规和职业道德教育。在开展治理商业贿赂专项工作中，医务人员拒收红包礼金 18 000 余元。同时，医院围绕“加强医德医风建设，践行廉洁从医”主题，在广大医务人员中开展向社会服务承诺活动；开展“诚心卫生，满意在医院”优质服务竞赛；掀起向人民的好军医华益慰学习的热潮。

转变服务作风　救死扶伤防病治病

今年，医院落实各种医疗制度，提高服务质量。病历书写合格率 100%；病历优良率 92%；手术前后诊断符合 98%；危急重病人护理合格率 100%；CT、彩超检查阳性率 78%；抗菌药物合理使用合格率 97%；无医疗事故。

今年医院自带 B 超、化验等仪器，开展下乡义诊活动 18 次，组织内科、外科、妇产科、眼科、肛肠科、医技科室医务人员累计达 230 人次，足迹踏遍澧县 10 多个乡镇。今年医院眼科还承办了县残联开展的“光明行动”，免费为全县 100 例白内障患者做手术，县电视台、常德电视台、常德日报、湖南卫视均作了宣传报道。目前，病人对医院行风建设的满意度为 95%，收到旗匾达 20 余幅。

（原载 2006 年 12 月 6 日《常德日报·新农村》）

杏林翘楚铸辉煌

——澧县中医院发展历程纪实

几经风雨　杏林依浓

澧县澧阳镇繁华的人民路与澧阳路交会处，有一片新潮典雅的现代建筑，整体围抱组合成一个设施齐全、格调高雅的院落。院内花木扶疏，洁净的空气中飘浮着一股中药特有的幽香和当令花卉的芳香。就在这个处于闹市却一尘不染、宁静清幽的环境中，有一群出色的医务人员夜以继日地紧张忙碌着，为络绎不绝的上门群众有序地实施高效的治疗，提供最优质的服务，处处为病人着想，时时为患者排忧解难，不是亲人而胜似亲人，在广大的患者心目中，他们是名副其实的白衣天使。这一座充满了爱心、闪耀着祥瑞之气的现代化楼群院落，则被人们称为康乐之家和一片孕育着美好希望的生命绿洲。她，就是名播湘鄂边界地区的杏林翘楚——澧县中医院。

医院始建于1946年，1972年更名为澧县中医院，当时仅有病床40张，3个科室，医务人员26人，全年业务收入仅7万余元。而今，医院科室发展达8个病区，在职职工296人，开放床位258张，固定资产达3 000万元，每年的业务收入以20%以上的速度递增，谱写出了一曲曲动人的华章。

1998年12月，叶祚栋受命就任澧县中医院院长一职。他怀着继承国粹，造福人民的赤诚之心，带领全院干部职工，以挖掘祖国医学瑰宝，弘扬中医文化为己任，以培养中医人才、打造特色专科为龙头，以构建医患和谐，追求社会、经济效益“双赢”为目标，励精图治，艰苦创业，一路跋涉走来，使医院很快步入了中医药事业发展的快车道。今年，该院收治门诊病人 138 420 人次，收治住院患者 6 541 人次，人均住院费用 2 639 元，全年完成业务收入 3 500 万元。

医院是县人民政府设立的一所非营利性医院，集临床、科研、教学、预防、保健为一体的二级甲等中医院。同时为湖南中医药大学临床教学基地，湖南省人民医院临床指导医院。医院认真贯彻国务院《关于扶持和促进中医药事业发展的若干意见》和省委、省政府《关于加快中医药发展的决定》，竭诚为全县人民群众的身体保健贡献力量；认真落实中医优惠政策，惠及百姓；新型农村合作医疗起付线 300 元，报销比例 70%，比同级医院报销比例高 5%；城镇居民医保起付线 100 元，报销比例 85%；职工医保起付线 300 元，报销比例 85%。目前，澧县中医院已被确定为澧县新型农村合作医疗、职工医保、城镇居民医保、伤残军人等定点医院，全县城镇居民医保院外转诊唯一定点审批医院。

医院在岗专业技术人员 268 人，其中主任医师 2 人，副医医师 12 人，中级专业技术人员 75 人。医院占地面积 40 亩，建筑面积 2 万平方米，拥有螺旋 CT、CR 放射成像系统、彩超、腹腔镜、电子胃、肠镜、自凝刀等万元以上设备 120 余台件。新住院大楼配备了中心供氧、中央空调等设备，是澧水流域一流的县级中医医院。

科技兴院　人才强院

神农尝百草，伏羲制九针，中医药是祖国医学瑰宝。医院全体医务工作者，始终坚持救死扶伤的医疗实践，认真继承传统，锐意创新，人人向医院的前辈中医名医孙逢清、黄道礼、彭元成、何敦旭、张大发学习，像他们一样为了中医药事业的发展呕心沥血，无私奉献，为实施科技兴院，打造县中医“三名”战略齐心协力，奋力拼搏。

为了尽快改变医疗器材和人才相对缺乏的落后面貌，新的领导班子上任后，大力倡导和坚持“科技兴院，人才强院”的发展理念，以引进新技术、新项目为切入点，敢于“借鸡下蛋”，走出一条发展中医药事业，提高医疗水平的新路子。

近10年以来，医院引进“正清风痛宁针序贯疗法”，开设风湿理疗科；引进中医特色“安氏肛肠病疗法（芎倍注射液新技术）”，治疗肛肠科常见病、多发病，疗效显著；引进进口螺旋CT、CR放射成像系统、全自动生化分析仪、四维彩超等一大批先进医疗设备，大大提高了对疾病的确诊率；引进国家中医药管理局推出的“冬病夏治”穴位贴敷疗法“治未病”；引进自凝刀，对子宫肌瘤患者既具有治疗作用又可保全子宫的完整性；争取到省中医药管理局推广的中医药适宜技术项目；开展无痛胃肠镜和腹腔镜取石保胆术；引进钬激光打肾结石，不仅疗效好、创伤小、恢复快；实行血液透析中心24小时对外开放，服务广大患者，医院成功举办“第八届糖尿病新进展培训学习班”，每年开展白内障“光明行动”等。此外，医院每年选送十余名专业骨干到省级医院培训，不断地提高医务人员的业务水平和诊治能力。

优质服务　创建名院

澧县中医院一贯坚持“中西并用”的方针，实施“三名”战略，举全院之力打造医疗品牌。2009年，医院开展了“十佳医务工作者”评选活动；今年开展了“八大名医”评选活动，并在《常德日报》等媒体进行广泛宣传，有效提高了澧县中医院在全社会的知名度。同时，医院还以科学的管理、精湛的技术、精良的设备、优质服务、合理的价格，赢得患者的好评。目前，医院设有门急诊、内科、外科、骨伤科、儿科、妇产科、眼科、糖尿病科、脑病科（中风）、肛肠科、针灸推拿科等20多个临床科室和检验、放射等4个医技科室。医院的肛肠科、糖尿病科是省市级特色专科，眼科、内科在湘西北地区独树一帜。

在开展优质服务，争创名医名院各科的活动中，领导班子始终做好表率，走在全体医护人员的前面。全国肛肠科名专家、院长叶祚栋时常语重心长地告诫全院广大职工："要把病人视为自己的朋友、视为自己的亲人来看待。"他本人身体力行，作好榜样。当家住澧阳镇的孙某因患重症肌无力到省级医院住院治疗未愈，之后转到澧县中医院治疗时，叶院长立刻亲自组织医务人员对其进行会诊治疗。当时该患者已呼吸无力，生命奄奄一息。医务人员当即使用呼吸机对病人进行辅助呼吸，并采取先进的治疗设备和手段，使其在短时期内得以康复出院。考虑到该患者家庭经济条件较差，医院额外免除了一部分医药费用。该患者康复出院后逢人便说："我这条命是澧县中医院给的，他们没收我几个钱就治好了我的病。我全家非常感谢他们呀！"这样治病救人，急人所难的事迹还有很多。

2004 年 7 月，澧东有一位农药中毒患者，当时病情十分危重，呼吸也暂时停止。医院接到急救电话后，火速派出救护车，及时接到病人并在车上实施紧急抢救。回到医院后，医务人员又马上施行气管插管、气管切开、人工呼吸、强心解毒、抗休克等治疗，经过 24 小时紧急抢救，病人转危为安。他们高尚的医德，优质的服务和精湛的医术，多次受到县委、县政府的表扬，获得社会的一致好评。

开拓创新　加快发展

住院条件差曾是制约中医院发展的一个瓶颈。2002 年以来，医院先后投资 224 万元新修一幢综合服务大楼；投资 400 万元维修、改造医院门诊大楼，2008 年又投资近 3 000 万元建起一座设备一流的新住院大楼，建筑面积 10 000 平方米。为了完成这一大手笔的工程，医院领导多次为中医医院的建设与发展奔走呼号、呕心沥血；多次赴广东、上海、江苏等地大医院实地考察，尽量使新的住院大楼在规划设计上达到完美。2009 年，新住院大楼投入临床使用，极大地提升了医院硬件设施的高科技含量，使医院成为全省一流的现代化中医院。2010年，5 000多万元的国投项目又落户医院，力争用两年的时间建造一座高标准的现代化中医医院。医院将以优质的服务、低廉的收费，利用中医药的优势，发挥专科特色，造福广大百姓。

数千年的中医文化，沐浴着澧县中医院这朵杏林奇葩。置身于深邃的东方文化的天地间，遨游在国之瑰宝的中医长河里，澧县中医院灿如中天日华，染就着不朽的辉煌。

回顾历史，感慨万千，医院用浓重的笔墨为中医人书写了辉煌篇章，展望未来，机遇与挑战洒满征途。“传承中医国粹、传播优秀文化、共享健康和谐”是几代人中医人的不懈追求。目前，澧县中医院进入了“三年三大步”创业的关键时期。我们相信：院领导班子将和广大干部职工一道，坚持解放思想、勇于探索、勇于创新、与时俱进，为开拓中医医院的美好未来共同努力奋斗。

（原载2010年12月《澧县文艺》杂志第2期）

发挥中医药特色优势　打造一流县级医院

——澧县中医医院向“十二五”目标迈进

澧县中医医院是一所集临床、教学、科研、预防为一体的二级甲等医院。2010年，医院根据“以病人为中心，以发挥中医药特色优势”为主题的中医医院管理年活动方案，围绕“突出中医药特色，发挥中医药优势”这个核心，狠抓八项重点工作，服务水平进一步提高。

坚持中医办院方向　充分发挥中医药特色优势

医院紧紧围绕中医药特色优势做文章，“十一五”期间，医院制定并讨论通过了《澧县中医医院中长期发展规划（2009—2018年）》，在医院规模、人才培养、专科建设、医院文化、预防保健等方面进行了系统的规划，明确了中医的正确发展方向，找准了完善医院功能和突出中医特色的平衡点。

医院注重发挥中医药服务体系中的龙头作用，一是积极争取政策支持。到目前为止，中医药参与治疗的住院费用报销比例提高5%。二是发挥中医药特色优势，走中医结合之路。医院坚持“西医做支柱，中医显特色”的服务理念，把中医药辨证论治、中药使用、传统中医疗法治疗广泛用于临床，使患者住院的次均费用、自付比例控制在较低水平。三是走专科发展之路。医院出台激励政策，鼓励医务人员创专科特色品牌，先后有脑病科（中风）、肛肠科、糖尿病科等三个专科获省级特色专科，眼科、针灸科正在创建之中。四是开展专科专病的中医特色护理，印制28种具有中医药特色护理的健康教育处方，免费为患者提供健康指导。五是加强卫生系统内部对口帮扶工作。确立具有丰富管理经验的高级中医类别执业医师深入基层指导中医药工作，选派责任心强的中级职称医生到受援乡镇卫生院向农民提供医疗卫生服务。对3家受援单位赠送小型设备3台（件），免费赠送3套共价值30万元的医院信息管理系统。六是开展中医适宜技术推广应用工作，承担的中医药适宜技术推广项目工作经验在全省范围内推广。七是狠抓中医预防保健工作。医院自主开发的“爱我养生”软件免费为群众进行体质辨识，并对饮食调养、生活起居、体育锻炼、情志调摄、药物调养等方面进行指导。目前，医院开展中医诊疗技术项目74项，中医参与治疗率达到了65%，中医药辨证论治优良率达到了90%，中成药辨证使用率达到100%，全年共接诊门诊病人138 420人次，收治住院人数12 000人次。

采取各种有效措施　加强中医药队伍建设

全院101名执业医师中，中医类别62名，具有副主任医师以上职称14名；中药专业技术人才中，有中药副主任医师2名，中药主管药师6名；106名护理人员全部系统接受了中医药知识和技能岗位培训。

为提高广大医务人员的中医专业水平，医院提出了“西医学中医，中医学经典”学习模式，坚持每月一次以上全院集中培训，确立每周五为业务学习日，利用每日晨会时间集中学一个中医知识点，每周背诵一首中药方剂，并结合实际采取集中授课、模拟演示、实际操作、疑难病例讨论等形式，提高专业水平，真正实行了学习经常化、形式多样化、氛围浓厚化、考核制度化。

医院十分注重中医学术继承工作。医院已有3名“名中医”确定了学术继承人，在名医的指点下，他们较好地掌握了名师的学术思想与学术经验。

推进“科技人才”发展战略　提供优良工作环境

为了加强专科建设，医院先后添置了螺旋 CT、CR 数字成像系统、四维彩超、全自动生化仪、腹腔镜系统、电子肠胃镜、钬激光碎石机等大中型医疗设备 200 余台件。

重视人才，推陈出新。主任医师叶祚栋被评为“全国中医肛肠科专家”，主治医师李松柏被评为卫生系统“十佳医务工作者”，内一科被评为市级“青年文明号”，眼科被评为县级“芙蓉标兵岗”。此外，医院还展开“十大名医”“十佳优质服务标兵”“十佳护士”评选活动，医务人员业务水平和社会知名度不断提高。

以“国投”项目建设为起点　打造一流的县级中医医院

医院门急诊综合大楼，是国家重点扶持的工程项目。目前正在紧张建设之中，明年将投入临床使用，为广大患者提供崭新、舒适的就医环境。“十二五”期间，医院将完成中药制剂室、远程会诊中心以及急诊、急救医疗服务体系的建设；将单独开设肿瘤科、肾病科等 6 个特色专科，争取 1 个国家特色专科和完成国家农村中医先进县的建设工作；新开设 6 个病区，床位增加到 500 张；添置核磁共振仪、高压氧舱等一大批先进的医疗设备；积极培养 10 名学科骨干，副高以上职称人员达 20 人，中级职称人员达 100 名；开展中医穴位敷贴“冬病夏治”等“治未病”工作；积极采用非药物中医治疗，多策并举，加快中医药工作发展，不断提升中医的综合实力，更好地满足人民群众对中医药服务的需求，力争用 10 年时间跻身于澧水流域一流的县级中医医院。

（原载 2011 年《中医药导报》第 9 期、《墨池文学》杂志 1—2 期，与戴清华合作）

传承瑰宝济苍生

——澧县中医医院 66 年发展走笔

澧县中医医院仿佛是一部厚重的创业史，写满了机遇和挑战、拼搏与发展。医院始建于 1946 年，1972 年更名为澧县中医院，2011 年再次更名澧县中医医院。数千年的中医药文化滋养，66 年的栉风沐雨，今天已发展成集临床、科研、教学、预防、保健为一体的二级甲等中医医院、湖南中医药大学临床教学基地、湖南省人民医院临床指导医院、中南大学湘雅二院协作医院、国家农村卫生服务体系县级医院重点建设单位。医院现有专业技术人员 344 人，其中主任医师、副主任医师 28 人，建筑面积 2.8 万平方米。固定资产 1.2 亿元，开放床位 558 张。近年业务收入以每年 20% 以上的速度递增。2011 年，医院收治门诊病人 16.5 万人次，收治住院病人 1.2 万人次，完成业务收入 5 200 万元。无重大医疗过失行为和医疗事故的发生。

2012 年岁末，医院国投项目——门诊住院综合大楼落成投入使用，无疑又是澧县中医医院创业史上最厚重的一笔、最华丽的一章！为了这一天的到来，几代澧县中医人付出了不少心血和努力。每一个中医院人都感慨万千，浮想联翩，壮志满怀地憧憬传承国粹而拥有更加美好的明天。

科技特色篇

——沉舟侧畔千帆过，病树前头万木春

医院坚持“中西并重”，举全力打造医院品牌。目前，医院设有门急诊、内科、外科、骨伤、儿科、妇产科、眼科、耳鼻喉科、口腔科、皮肤科、肛肠科、针灸推拿科和检验科、病理室、放射室、B 超室、心电图室、内窥镜室、分子生物学实验室等 20 多个临床医技科室和 13 个病区，拥有螺旋 CT 扫描、四维彩超、电子胃肠镜、CR 成像系统、全自动生化分析仪、高压氧舱等先进医疗设备 300 多台件。医院坚持“科技兴院、特色强院”战略，把突出专科特色作为发展方向。肛肠科、脑病科（中风）是“十二五”期间省级特色专科，糖尿病科、眼科、针灸推拿科更是在湘西北地区独树一帜，已成为享誉湘西北地区的医疗品牌。

医院早在二十世纪八九十年代，仅靠黑白 B 超等简陋的医疗设备，维系医院的生存，时常捉襟见肘。随着医院发展理念与定位的明晰，以引进新技术、新项目为切入点，“借鸡下蛋”首开澧县中医医院发展先河。2003 年引进了“正清风痛宁针序贯疗法”，开设风湿疼痛科。2005 年 180 万元的螺旋 CT 落户医院。2006 年引进了“安氏肛肠病疗法”。2007 年引进国家中医药管理局推出的“冬病夏治”贴敷疗法，同年 9 月，与天津中医药大学合作，引进“石氏中风单元”等系列疗法充实脑病科（中风）。2008 年妇产科引进自凝刀治疗子宫肌瘤、保全子宫完美无“切”的新技术。同时，又开展腹腔镜取石保胆术，为解除患者疾病带来福音。近年，医院先后添置了四肢动脉彩色血流多普勒检测仪、血流变仪、电脑肛肠检查综合治疗仪等设备，全力把脑病科（中风）、肛肠科、眼科、糖尿病科等省市级特色专科做大做强，凸显专科特色。

“你们实乃亚洲眼科特技者。”这是中国中医药学会的徐先生送给澧县中医医院眼科的一面锦旗上写的赞美之词。这位 60 多岁的徐先生，本身是一名老中医，患眼病已多年，每次都疼痛难忍，省市的大医院都跑遍

了，听说澧县中医医院的眼科很不错，便慕名来到医院。他没有想到眼科学科带头人孙逢清采用中西药结合的办法治好了他多年的眼病。

肛肠科引进 PPH 手术治疗三期内痔及混合痔，在提高临床疗效和预防复发上发挥了重要作用，填补了澧县在该领域的空白，深受广大患者的好评。2011 年，医院肛肠科被评为“全国中医肛肠学科先进名医工作室”，叶祚栋主任医师被中华中医药学会授予“全国中医肛肠学科名专家”荣誉称号。

为发挥中医药特色优势，医院制定并实施了 42 种常见病中医优势病种中医诊疗方案，48 项专科特色疗法，11 种院内制剂在临床运用。

杏林人才篇

——我劝天公重抖擞，不拘一格降人才

神农尝百草，伏羲制九针。《易经》里讲到“劳谦君子，有终吉。”上天会偏爱勤奋的人们，多付出的努力一定会有更多的回报。中医药是祖国医学瑰宝。秉承传统，发扬光大，医院的老前辈像孙逢清、黄道礼、彭元成、何敦旭、张大发等中医知名人士一直走在中医药发展的前列，也让医院声名鹊起。他们无私奉献，薪火相传，不仅传承国粹，也发扬医德。

鲜花簇拥着笑脸，锦旗舞荡着春风。中医人渴望在秀美芳香的杏林中开一瓣花，染一块绿，尽心尽责地融入“杏林橘井园”，成为骄傲自豪的“杏林中人”。正因为如此，许多患者能够不假思索、如数家珍般地说出他们心仪的许多专家。

前任院长叶祚栋主任医师早习中医，少知岐黄。经过多年的医疗实践，他认为“熟读王叔和，不如临症多”，诊断要明确所患疾病及所属证候，通过辨别病症，认识疾病的本质，即所谓“辨证求因”。

现任院长滕自觉有着积攒 30 余年的厚实功底，他精通外科常见病、多发病治疗，在外科领域有较深造诣，特别是对普外科疑难复杂疾病具有独到的见解。外科在他的主持下开展肝胆、胃肠、乳腺、甲状腺及腹腔镜

微创手术，并在全市率先开展了腹腔镜保胆取石术。运用中医辨证治疗胆囊切除术后综合征，明显减轻胆囊切除术后患者近期不良反应。

副院长秦勇，毕业于湖南中医学院，主任医师。他从事中医临床几十年，中医理论扎实，临床经验丰富，就诊病人络绎不绝。他在“重症肌无力”病人、“直肠原位癌”病人的治疗上都获得了成功，尤其在运用中医中药治疗胃肠疾病方面有独特的经验。他利用国粹治疗，一次次创造生命奇迹。

主任医师贾遇文领衔糖尿病科，与中南大学湘雅二院代谢内分泌研究所强强联手，在澧县成立了糖尿病之友协会，把澧县的糖尿病治疗医术推进了一大步。近年来，糖尿病科所取得的成绩多次受到了国家和省中医药管理局的好评。

院长助理、副主任医师胡章翠，从医 20 多年，擅长中医内科，特别是对肾脏病治疗具有独特见解。

领军中医按摩技术的主治医师戴平更是业内翘楚，他将针灸、推拿、拔罐、刮痧、熏洗等适宜技术在全县 32 个乡镇卫生院推广运用，培训学员近千人。

眼科学带头人孙逢清怀揣祖传良方、偏方，堪称诊疗眼病的快手、高手。他与其子女都对白内障、青光眼、角膜病、眼底出血、玻璃体混浊等眼科疾病有着丰富的经验和特殊疗效。

像孙霞一样敢与须眉郎中相媲美的女名医不乏其人。她们心善手巧，眼界宽广，深究医理，超凡脱俗。她们是：周霞、刘锋、谢斯芸、黄慧……

医院人才队伍结构“老、中、青”相得益彰，教与学齐头并进。杏林春风劲吹，青枝又发新翠。一批批懵懂学子在名老中医的言传身教下，立志岐黄，发愤图强，茁壮成长，努力达到医学的最高境界——妙手仁心。

优质服务篇
——衣带渐宽终不悔，为伊消得人憔悴

住院条件差一直是制约中医医院发展的一个瓶颈。2002年以来，医院先后投资224万元新修一幢综合服务大楼；投资400万元维修、改造医院门诊大楼，2008年建设一座现代化一流的新住院大楼，建筑面积8 913平方米。为完善服务功能，医院领导多次赴广东、上海、江苏等地大医院实地考察，尽量使新的住院大楼在规划设计、服务功能上达到完美。在县委、县政府的大力关怀下，2010年，医院争取到国家（中央财政）对县级医院重点建设的项目，医院的基础设施建设有了前所未有发展。

“您的满意是我们的追求”是中医人的服务理念。医院通过经常组织开展服务礼仪学习培训、中医特色护理技术比武等活动，提高医护人员服务水平。2011年11月4日，在全市中医护理知识与技能竞赛中，医院荣获县级医院团队第一名，庹小芳等5名参赛选手全部获奖。社会对医院的服务满意度明显提升。

当走进医院，你能看到白衣天使灿烂的笑脸，你能感受到他们望、闻、问、切动作的细微，你会发现仪器检测的细致、精确，你能看到主治医生与病人促膝谈心的动人场景。家住澧阳的病友孙某，患“重症肌无力”在省级医院住院治疗，因家庭经济拮据，后转到澧县中医医院内科治疗，医生采用先进的治疗设备和综合的治疗方法，患者康复出院时，她逢人便说：“阎王都要收我了，县中医医院好心的医生护士却把我拉回来了！”

“我是一个初中生，对白衣天使的职业虽然很陌生，但不管你们相不相信，我以后一定要做一名白衣天使。因为澧县中医医院一病区护士长张阿姨的微笑让我感到白衣天使的亲切和高尚。”这是一位在校学生的留言。她在护理她爸爸住院期间，被张春芳阿姨的微笑深深打动后发出了由衷的感叹。正因为澧县中医医院有这样一群医术精湛、服务温馨的优秀个

人和集体，才使医院医患关系和谐，医院的整体形象大大提升。

一流的设备，一流的人才，一流的服务，谱写着澧县中医医院救死扶伤的奇迹。桃李不言，下自成蹊。澧县中医医院服务半径辐射至汉寿、安乡、石门以及湖北荆州、公安、松滋等地。

医院文化篇
——子规夜半犹啼血，不信东风唤不回

“传承中医国粹，传播优秀文化，共享健康和谐。”这是一代代中医人的不懈追求。医院坚持“以病人为中心，以质量为核心”的管理理念，狠抓医疗质量与医疗安全工作。

医院领导班子高度重视医院文化建设，将文化建设作为重要内容写入医院“十二五”发展规划。与此同时，医院领导一班人还注重坚持人性化管理，不断增强职工的凝聚力和向心力。医院组织“护理技术操作技能比武”“学无止境知识竞赛”“中医中药澧州行”征文、“三好一满意”演讲比赛、中医药文化节等大型文艺晚会，展示中医人风采，树立中医人良好形象，精神文明建设取得长足进步。为了提升队伍素质，加强行风建设，医院广开言路，广纳建议。定期召开病陪人座谈会与行风监督员座谈会、发放测评表、医院网站开辟评议专栏、设立意见箱、深入社区广泛调研、开通“院长热线”等形式，采纳各种建议并逐一整改。医院与药商代表召开廉政建设恳谈会，签订“廉政公约”，加强医院行风建设。

医院以门诊综合大楼建设为契机，进一步规范医院标识导引系统，组织人员编院史、谱院歌，打造中医药文化长廊，加强中医药文化建设。

开展医院文化建设，传承优良传统文化，作为“中医人”的高度荣誉感已逐步形成。在深厚文化底蕴的熏陶下，全院职工以《职工手册》为行为准则，自觉践行各项规章制度，形成文化自觉，文化自信；在医疗、教学、科研等项工作中，展现出的高尚医德和高超医术又自然实现着文化传播。

置身于深邃的东方文化里，遨游在博大的国粹长河中，澧县中医医院灿如中天日华，染就着不朽的辉煌。

（原载2012年11月《城头山视窗》杂志，与易宗明合作）

弘扬中医国粹　造福芸芸众生

——澧县中医医院弘扬祖国医学瑰宝，确保医疗安全侧记

盛夏六月，记者慕名来到湘北名城、城头山故里探访雄踞于澧州古城市区中心的澧县中医医院，追寻她那孜孜以求，传承弘扬祖国医学瑰宝；殚精竭虑，矢志服务大众病友的奋进轨迹，不禁感慨万千。

历史悠久　名冠三湘

医院始建于 1946 年；1972 年，医院更名为澧县中医院；2011 年，再次更名为澧县中医医院；1995 年，被国家中医药管理局确定为全省第一批 60 家县级中医医院之一。秉承数千年中医药国粹熏陶滋养，经过几代澧州中医人共同奋斗，目前该院已发展成集临床、科研、教学、预防、保健为一体的二级甲等中医医院、湖南省中医药大学临床教学基地、湖南人民医院临床指导医院、中南大学湘雅二院协作医院、国家农村卫生服务体系县级医院重点建设单位。

医院现有专业技术人员 344 人，其中主任医师、副主任医师 28 人，中级职称 198 人。医院设有门急诊、内科、外科、骨伤科、儿科、妇产科、眼科、糖尿病科、脑病科（中风）、肛肠科、针灸推拿科等 20 多个临床科室和检验、放射等 4 个医技科室；拥有螺旋 CT 扫描、四维彩超、电子胃肠镜、CR 成像系统、全自动生化分析仪、高压氧舱等先进医疗设

备300多台件。医院建筑面积2.8万平方米，固定资产1.2亿元，开放床位565张。

近三年来，医院争取和自筹资金，先后投入8 000万元新建了住院大楼、门诊综合大楼，改善了住院环境；同时投入1 000余万元添置医疗设备、中医诊疗设备与信息化系统建设，不断改善医疗条件，提升医院综合服务能力，为确保医疗安全奠定了坚实的基础。

特色科室　名医荟萃

医院出台激励政策，鼓励医务人员创专科特色品牌，先后有糖尿病科、脑病科（中风）、肛肠科3个专科获省级特色中医专科；眼科、心血管科、针灸推拿科等特色专科亦在湘西北地区久负盛誉，并造就了一批中青年学科带头人，引来好评如潮。

糖尿病科主任医师贾遇文带领科室一班人运用“糖贝康”等系列中药，在糖尿病高危人群干预预防上发挥了重要作用，并纳入国家科研计划。糖尿病的健康教育、饮食治疗、运动治疗、常规监测等综合治疗方法的临床应用，使糖尿病的治疗效果得到了明显提高；四肢多普勒血流图等先进的检测技术可早期筛查糖尿病患者周围血管神经病变，为糖尿病并发症的早期诊断提供了科学依据，给越来越多的患者带来了福音。

脑病科（中风）主治医师周霞与科室人员运用“醒脑开窍针灸法”“丹芪偏瘫系列中药方”，中药熏蒸和颈动脉灌注术等中医特色优势明显的治疗技术，一对一康复训练，为数百例中风偏瘫病友改善了生活质量；“冬病夏治”穴位贴敷疗法在治疗哮喘、过敏性鼻炎、支气管炎等疾病上发挥了独特作用。

今年3月，益阳病友冯秋佚因四肢麻木、肌肉萎缩，上北京、上海等大医院治疗无效后慕名来医院治疗。周霞医师和科室人员采取针灸、营养神经药物穴位注射、康复锻炼、口服中药等方法悉心医治，目前患者肌肉萎缩明显好转，体力逐渐恢复、麻木明显减轻；还有一位从云南用救护车送来的脑出血患者曾令友，送达医院时反应迟钝，左侧肢体完全偏瘫，大小便失禁。该院通过采用醒脑开窍针灸疗法和偏瘫肢体康复训练、口服中药、吞咽功能训练，目前患者神志已完全清楚，饮食正常、语言功能基本康复、左下肢可以行走、左上肢可以自由活动。

肛肠科实施“中药直肠滴入治疗、熏洗坐浴、挂线、枯痔、脐部贴敷”等特色疗法，治疗肛瘘、内痔，在减少伤口出血和疼痛，控制伤口感染，促进伤口早期愈合等方面有显著作用。新开展的 PPH 手术在治疗肛肠疾病方面填补了澧县在该领域技术的空白。肛肠科是“全国中医肛肠学科先进名医工作室”，叶祚栋主任医师被推荐为湖南省名中医。

据该科室主任刘锋介绍，前不久，临澧县合口镇一位彭姓老太太患“脱肛”，每次大便后肛门都要脱出 5—6cm，病人极其痛苦。来该院后，刘主任带领科室人员通过 PPH 手术和直肠黏膜环切钉合术，同时配合中药治疗，终于为病人解除了难言之隐。无独有偶，临澧县佘市镇一位 67 岁的黄姓老太太因便血没有办法控制也慕名来刘主任这里治疗，患者精神恍惚，有时便血竟呈喷射状，当地医院采取各种办法止血就是没效果。转来该院后，刘主任为她采用中医“枯痔疗法”治疗（在病人痔疮上面打一种硬化剂），一下解决了问题，病人当天上厕所就不出血了。

眼科是澧县中医医院的品牌科室，现已列入国家“百万贫困白内障复明工程”定点单位，澧县新农合“青光眼患者后续治疗”定点单位。能开展各种眼眶内肿瘤、视网膜脱离、青光眼、白内障等大中型手术，采用中西医结合治疗角膜炎、眼底出血、视神经炎，效果良好。

该科室现任科主任孙军出生于眼科世家，其父孙逢清是该院远近闻名的眼科专家，全国各地无数患者曾慕名排队求治。孙军从中南大学湘雅医学院研究生毕业后又到中山医科大学（现中山大学中山医学院）继续深造学习，练就了一身过硬本领。今年，湖北荆州一位大企业家王吉谱因患视神经炎到多家大中医院治疗后，因效果不理想慕名来该院求治，入院时视力仅 0.1，近乎失明。孙军接治后采取中医针灸理疗，配合中药方剂（孙氏祖传验方）精心医治，使患者出院时视力达到了 0.8。为感谢澧县中医医院妙手回春，王先生给该院送来了一幅巨大的牌匾：光明天使，救世良医。

针灸推拿科主治医师戴平带领科室人员积极发挥中医“简、便、验、廉”的优势，用针刺、艾灸、拔罐、推拿、刮痧等疗法治疗面瘫、颈肩腰腿痛、神经衰弱、中风后遗症，并引进国内先进技术，采用穴位埋线治疗肥胖症、针灸配合耳穴压豆治疗失眠症，深受广大患者青睐。

今年5月，澧阳镇平阳村一组村民陈克槐因腰椎间盘突出疼痛难忍，直不起腰，已不能下床活动。家人将他抬到该科室后，采取针刺、拔火罐、穴位注射、水针疗法等住院治疗24天，目前已行动自如，笑盈盈地走出了医院。还有王坪村张秋英女士，今年4月因面瘫入院治疗，当时患者口眼歪斜、眼睛闭合不全、吃饭齿间残留、饮水喝汤滴漏不便，病人异常痛苦，医护人员运用电针针刺、面部闪火罐、耳穴贴压穴位注射、口服中药汤剂等独特疗法综合治疗，使病人9天即病愈出院。

除此之外，医院心血管科、儿科、妇产科、内科、骨伤科、普外科、肾病科等，均在湘西北独树一帜，深受百姓认可。

人才战略　蓄势跨越

医院一贯高度重视中医人才培训储备战略，全院134名执业医师中，中医类别81名，占60.4%；27名药剂人员中，中药专业17名，占63.0%；在159名护理人员中，系统接受中医药知识和技能岗位培训131人，占护理人员总数82.4%。近两年共选送优秀骨干到上级医院进修学习达85人次，外出参加各级各类培训达108人次。三年来，该院开展科研课题2项，发表学术论文国家级30篇，省级73篇。2011年11月，在全市中医护理知识与技能竞赛中，该院荣获团体第二名（县级医院排名第一）的好成绩，5名参赛选手分别获一、二、三等奖。从2010年起，该院连续三年荣获常德市“中医医院管理年活动先进单位”。

同时，医院成立了基层指导科，建立了专家人才库，每年选2—3名责任心强、业务能力好的骨干医生派驻到受援乡镇卫生院为群众提供医疗服务。从2009年开始，该院分16期对32个乡镇卫生院、478个村和社区卫生室的中医、中西医结合和西医人员进行了1 000余人次的系统培训，发放中医药适宜技术培训教材1 000余册，模型、教具800多套。到目前为止，该院85%的医务人员掌握了10项以上中医药适宜技术，乡镇卫生院医务人员掌握了4项以上。

目前，医院已有3名“名中医”确定为学术继承人。2011年，医院肛肠科被评为“全国中医肛肠学科先进名医工作室”，叶祚栋主任医师被中华中医药学会授予“全国中医肛肠学科名专家”荣誉称号。

神农尝百草，伏羲制九针。中医药是祖国医学瑰宝，澧县中医人秉承“诚信、敬业、仁爱、创新”的精神，传承中医国粹，关爱生命，呵护健康，造福了一方百姓，演绎着不朽传奇，为保障人民群众生命财产安全奉献了无私大爱。

（原载2013年5月19日《湖南日报》，与记者杨振华等合作）

发挥中医特色优势　提升医疗服务能力

——澧县中医医院迎接全省二级中医医院评审工作综述

2013年4月17日—19日，由湖南省中医药管理局医政处处长周锦颢带队，湖南中医药研究院附属医院院长柏正平、张家界市中医医院副院长欧少福、湖南中医药大学第一附属医院急诊科主任郝小元、湖南省中医药研究院附属医院医务科长刘春华、湖南中医药高等专科学校附属第一医院副院长全韩、湘西土家族苗族自治州民族中医院副院长谭晓文、湖南省中医药管理局副调研员胡利民、长沙市中医医院护理部主任郑朝晖、湖南中医药大学第一附属医院制剂科主任左光杰、益阳市第一中医医院检验科主任陈景章、湖南中医药大学第二附属医院院感科主任朱小玲、湖南中医药高等专科学校附属第一医院副院长侯启龙等12名专家赴澧县中医医院开展新一轮二级中医医院评审工作。

4月18日上午8时，评审专家组全体成员以及澧县人民政府、县人大、县卫生局部分领导、医院全体班子成员、职能科室主任共40余人在澧县桃花滩宾馆参加了澧县中医医院二级中医医院评审会。在评审会上，医院院长滕自觉以图文并茂的形式做了题为“发挥中医特色优势，提升医疗服务能力”主题汇报，重点介绍了四个方面的内容，即中医医院的基本情况；围绕医院评审，加强组织领导；围绕医院评审，落实重点工作；围绕医院评审，持续改进工作。滕院长的工作汇报，得到了专家们的高度肯定。

专家围绕“中医药服务功能”和“综合服务功能”两大部分内容，分“医院管理、临床及重点专科、药事、护理、检验、影像和院感”七个小组进行了实地评审，专家们认真对照二级中医医院评审标准，采取现场查阅资料、访谈医务人员与病友、考试考核等多种形式进行全面检查评估，专家组对医院内涵建设所取得的成绩给予充分肯定。

4 月 19 日下午 4 时，在澧县政务中心 6 楼召开的评审工作反馈会上，参会人员 100 余人。评审专家分组进行了评审反馈，评审专家组组长、湖南省中医药研究院附属医院院长柏正平做了评审工作报告，肯定了工作主要亮点，指出了不足，提出了宝贵的意见与建议。他说：“贵院要大力引进医、护、药、技等专业技术人才；要规范医疗管理，落实各项核心制度；要进一步加大医疗设备投入；要进一步加大医疗质量与安全监管，合理使用抗生素；要加强科研能力建设；要加强护理队伍建设，规范护理管理，促进护理质量持续改进。”县中医院院长滕自觉作了表态发言；常德市卫生局局长马慧和澧县人民政府副县长张晓莲分别讲话。省中医药管理局邵湘宁作了重要讲话，他说，澧县中医医院是 1995 年被国家中医药管理局确立为全省第一批 60 家县级中医医院之一，经过几代中医人共同努力奋斗，医院的建设与发展取得了可喜的成绩，这次二甲评审是顺应时代的发展，社会的需求。他强调说：“各级政府要高度重视县级中医医院在农村中医药工作的龙头作用，高度重视中医药服务能力提升工程；县级中医医院要重视中医药特色优势的发挥，重视人才队伍建设，重视中医药‘治未病’工作。”

常德市卫生局中医药管理处主任李传淑、澧县人大常委会副主任鲁明金、县政府办副主任余开湘、县卫生局局长孟令军、县卫生局副局长李传栋等领导参加陪同评审工作。

坚持中医为主办院方向，充分发挥中医药特色优势。澧县中医医院发挥中医药特色优势，将中医药参与治疗率、处方书写合格率、中药饮片的使用率纳入科室（个人）医疗质量与绩效考核范畴，把中医药辨证论治、非药物中医治疗技术广泛运用于临床，使患者住院的次均费用、自付比例控制在较低水平。目前，11种院内制剂在临床广泛运用，中医药参与治疗率达70%以上，中医辨证论治准确率达90%以上，中成药辨证使用率达100%。坚持走专科发展之路，医院出台激励政策（如名医奖、非药物中医治疗技术单项奖、中药饮片使用单项奖、中医病历书写奖等），鼓励医务人员创专科特色品牌，先后有糖尿病科、脑病科（中风）、肛肠科3个专科获省级特色中医专科。全院共有常见病及中医优势病种36个，各临床科室均制定并落实了3个以上的常见病及中医优势病种中医诊疗方案，并定期进行评估分析、总结与优化。制定并实施了36种常见病中医护理常规方案，积极开展耳穴压豆、穴位敷贴、艾条灸、穴位注射、拔火罐、中药熏洗、中药保留灌肠、穴位按摩等9种中医护理服务；各科室均能开展2项以上的中医护理技术操作。积极提供具有中医药特色的康复和指导，在病区开设中医保健知识宣教栏，印制了36种具有中医药特色护理的健康教育处方，免费发放给患者。对131名护理人员进行了中医药知识与技能的系统培训。2011年11月，在全市中医护理知识与技能竞赛中，医院荣获团体第二名（县级医院排名第一）的好成绩，5名参赛选手分别获一、二、三等奖。从2010年起，连续三年荣获常德市“中医医院管理年活动先进单位”。医院成立了基层指导科，建立了专家库，组织专家深入基层指导中医药工作。每年选派2—3名责任心强、业务能力好的骨干医生派驻到受援乡镇卫生院为群众提供医疗卫生服务。对3家受援单位赠送小型设备3台（件）；免费赠送3套价值共30万元的医院信息管理系统；每年投入资金8万元，加强受援卫生院的基础建设。2009年，分16期对32个乡镇卫生院、478个村和社区卫生室的中医、中西医结合和西医人员进行了1 000余人次的系统培训，发放中医药适宜技术培训教材1 000余册，模型、教具800多套。到现在为止，医院85%医务人员掌握了10项以上中医药适宜技术，乡镇卫生院医务人员掌握了4项以上。医院建立了中医药视频网络平台，定期组织人员参加中医药管理部门召开的视频会议，培训200人次。医院被省中医药管理局评为“2010年度中医药适宜技术推广项目”先进单位。医院自主开发了“我爱养生”软件，免费为群众进行中医体质辨识，从饮食调养、生活起居、体育锻炼、情志调摄、药物调养等方面进行指导。2011 年中医预防保健科发送健康短信 5 000 条次，2012 年发送健康短信 20 000 条次；深入社区巡回医疗、知识讲座 30 多场次，进行中医体质辨识 3 580 人次，开展“冬病夏治”3 200 人次；对 6 800 余人次提供“治未病”干预服务。2012 年 10 月，澧县中医医院发挥中医龙头作用，配合县人民政府，成功创建了“全国农村中医药工作先进县”。

加强医院内涵管理，确保医疗安全。一是进一步完善各项规章制度。编印了《员工手册》《医院制度与职责》《医院感染知识手册》等，人手一份；汇编了《医院中医护理常规》《医院常见病与中医优势病种中医诊疗方案》《护理工作流程》《护理风险管理》《患者安全管理》等书籍下发各科室，为工作提供标尺。二是建立健全院科组三级质控体系，医院成立质控科，修订完善了医疗护理质量、院感质控考核管理办法，加强基础质量、环节质量、终末质量的督查，落实质控措施，持续改进医疗护理质量。每月印发一期督查通报，每季度召开一次医疗护理质量分析讲评会议。三是积极开展“优质护理服务”示范工程。将脑病科（中风）、糖尿病科、外一科、外二科，确立为优质护理服务示范病房，优质护理服务病房覆盖率达 33.3%。充实调整护理人员，加强基础护理和健康教育，推行责任护士全程包干的优质护理服务模式。加强支持保障系统的力度，做到“下收、下送、下修、下检”。四是加强急诊急救能力建设。成立急诊科与 ICU，选派医务人员到上级医院进行团队培训，建立完善的规范化管理制度与医疗护理技术操作规程，组织专家对医务人员进行为期两个月急救知识与技能培训。五是规范药事管理。加大对合理用药、处方点评、抗菌药物处方（医嘱）专项点评等工作的管理力度，确保临床合理用药。

强化在职教育，提高医务人员的综合素质。医院为每名医务人员配发《中医学》《中药学》《中医护理学》《中医医院护理工作规范》《中医病历书写规范》《基层中医药适宜技术》等书。先后组织开展了各类知识培训 156 次，参学率 100%，合格率 90% 以上。三年来共选送优秀骨干到上级医院进修学习达85人次，外出参加各级各类培训达108人次。三年来，医院开展科研课题2项，发表学术论文国家级30篇，省级73篇。

调整人员结构，加强中医药队伍建设。全院134名执业医师中，中医类别81名，占60.4%；27名药剂人员中，中药专业17名，占62.9%；在159名护理人员中，系统接受中医药知识和技能岗位培训131人，占护理人员总数82.4%。

医院提出“西医学中医，中医学经典”学习模式，坚持每月集中一次以上全院培训，确立每周五为业务学习日。各科室利用每日晨会时间集中学一个中医知识点，每周背诵一首中药方剂。结合实际采取集中授课、模拟演示、实际操作、疑难病例讨论等形式，提高专业水平，真正实行了学习经常化、形式多样化、氛围浓厚化、考核制度化。

医院已有3名“名中医”确定了学术继承人。2011年，叶祚栋主任医师被中华中医药学会授予“全国中医肛肠学科先进名医工作室”荣誉称号。今年3月，叶祚栋主任医师被推荐为湖南省名中医。

弘扬中医药文化，提升医院整体形象。一是积极倡导“诚信、敬业、仁爱、创新”的医院文化，确定了具有自身特色的“院徽”“院歌”；二是在院内醒目位置建立中医药文化走廊。三是在门诊走廊、候诊区和住院部走廊宣传中医药知识和科室的中医药特色。四是利用数字电影平台开展“中医药乡镇行”“中医药进社区”活动，我们每年制作一部具有明显中医药特色的医院形象宣传片随电影下乡宣传，传播、普及中医药文化与预防保健知识。五是利用医院网站、报刊、电视等宣传阵地报道医院良好的医德医风和医院工作，努力扩大医院社会影响力与认知度。

深化后勤服务与管理，营造良好就医环境。一是建立健全后勤物资（设施）采购审批制度、发放管理制度、报损报批制度和赔偿制度，坚持“谁申请，谁使用”的原则，实行计划采购并对特殊物资实行限量采购。二是积极倡导人性化后勤服务，公布服务电话，优化服务流程。三是增添系列便民措施，如免费提供轮椅、针线盒、微波炉等，深受患者及其探陪人员称赞。四是积极推行保洁、保安、园林绿化等后勤服务社会化管理模式，并收到了明显成效。

近三年来，医院争取和自筹资金，先后投入 8 000 万元新建了住院大楼、门诊综合大楼等，改善了住院环境，并先后投入 1 000 余万元添置必备医疗设备、中医诊疗设备设施与信息化系统建设，不断改善条件，提升医院综合服务能力。

（原载 2013 年 5 月《墨池文学》杂志第 5 期，与戴清华合作）

病人满意是我们的追求　百姓放心是我们的心愿

——澧县中医医院创建全国百姓放心示范医院工作纪实

2014年6月20日，从北京中国医师协会传来喜讯：澧县中医医院顺利通过了“全国百姓放心示范医院动态管理第四周期”（简称全国百姓放心示范医院）的考核验收。据悉，湖南省有16家医院参加全国百姓放心示范医院的创建验收，澧县中医医院是中医系统第一家医院。

2014年5月中旬，湖南省医院协会受中国医师协会的委托，组织专家到澧县中医医院，进行了“全国百姓放心示范医院动态管理第四周期”的现场考核，认为该院结合中国医院协会《全国百姓放心示范医院动态管理第四周期考核标准》，重点在“医疗护理质量、患者安全、诊疗流程、医院服务、医院管理、社会评价、参加百姓放心示范医院活动”等7个方面下功夫，医院管理进一步规范，医疗水平进一步提升，中医医院的品牌进一步叫响，社会的认知度、群众满意度、政府满意度进一步增加。

坚持以病人为中心，把社会效益放在首位

医院始终坚持正确的办院方向，一切以病人为中心，把维护人民健康、社会效益放在首位。全院推行“首问首诊”负责制，每一名中医人都是义务咨询员，每一个部门都是免费问询处，每一个服务窗口都设立了“共产党员模范示范岗”，用实际行动让老百姓感受到中医人的优质服务

无处不在、无处不有。全力开展优质护理服务示范工程。围绕优质护理服务，建立健全了各项规章制度、工作制度、模式病房、护理人员岗位职责，修订了护理常规、优质护理服务项目、工作流程及标准等，充实了临床一线护理队伍，选派了表现优秀的护理人员到模式病房工作，保证模式病房的护理人员的配置。脑病科（中风）、糖尿病科、外一科等 7 个病房已成为优质护理服务病房，重症监护病房实行了无陪护护理。

优化诊疗流程，畅通急诊绿色通道。医院进一步充实了门诊一站式服务台的力量，组建了临床服务中心，开展了电话预约、网上挂号服务。开展导诊、咨询服务，实行“无假日”门诊，免收挂号费。患者可到科室、诊室直接挂号，直接先入诊室就诊。部门标示清楚，全程无障碍通道。医院组建了担架队，方便病人检查及运送；实行急危重患者医务人员陪检制，建立了危重病人先抢救后付费的绿色通道。

医院经常组织医务人员深入基层，为百姓送健康，下到各乡镇、社区、村开展免费义诊活动，到各社区进行健康知识讲座，为医院体检人群发放健康“养生短信”，各科室均有健教知识栏，摆有各种健康宣传资料，免费供病友取阅。病房定期召开公休座谈会，为病友进行健康知识宣讲，为百姓送健康知识。

抓住内涵管理重点，促进医疗质量持续改进

随着医院服务能力的不断提升，医院于去年 5 月 9 日成立了重症医学科，急诊科经过规规范化组建后，于去年 12 月 20 日正式投入临床运行。目前，ICU 患者疾病严重程度评估率达 100%，转入患者与标准符合率在 90% 以上，抗菌药物合理使用率在 90% 以上。呼吸机相关性肺炎、中心静脉导管相关性血行性感染、导尿管相关性泌尿系感染的相关控制工作正在逐步实施。医院狠抓急诊抢救和急诊会诊管理，急诊高危患者在“绿色通道”内的平均停留时间均不超过 60 分钟。各科急会诊医师均能在 5 分钟之内赶到，急诊留观时间均未超过 72 小时。

严格执行安全管理的核心制度，完善并落实了各部门的查对制度、各种医疗谈话告知书、病人交接班制度、腕带制度、危急值班报告制度、围手术期管理制度、手术安全核查制度，手术部位标记制度、防止病人跌倒及坠床的应急预案、医务人员主动报告医疗安全（不良）事件制度等。

为保障患者合法权益，所有住院医师均在病人入院时即填写病历首页相关信息，准确填写身份证号码，做好入院医患谈话；实施任何有创诊疗活动，包括副作用较大的药物及使用贵重药物与高值耗材等都事先向患者及家属告知，并征得病人及家属的同意方才实施。对可能跌倒、坠床的高危患者，主动告知跌倒、坠床的危险，并采取有效措施防止意外事件的发生；对有压疮风险的患者进行风险评估并要采取有效的护理措施；医务人员发现医疗安全（不良）苗头及时报告。

加强手术治疗与麻醉管理。去年住院手术室全年完成手术 3 317 台，其中，一类手术切口 1 017 台，二类手术切口 1 257 台，体内植入物手术 440 台，全麻手术 205 台。共回访手术病例 3 172 例次。一类手术切口甲级愈合率 99.5%，麻醉复苏管理规范，全年无一例麻醉意外发生。

加强病种药品管控，确保患者用药安全

加强单病种质量控制。从 2010 年开始，该院对甲状腺腺瘤、腹腔镜胆囊切除术、急性单纯性阑尾炎、子宫平滑肌瘤、剖宫产、平产等 6 个病种实行单病种质量控制，平均住院费用有所减少，平均住院日缩短，得到了病人的一致好评。

2013 年 5 月以来，医院对自然临产阴道分娩、单侧腹股沟斜疝，老年性白内障 3 个病种实行了临床路径管理，并对实施路径的病例进行跟踪、分析、评价，对实施过程中存在的不足及时给予调整修改，目前这 3 个病种的平均住院费用与平均住院日都较以前有所减少。

对于药品管理，医院成立了以滕自觉院长为主任的药事管理委员会，明确了药事管理委员会的职责，每年召开 2 次以上会议。完善了医院药品

管理制度，每季度出一期“药讯”。加强麻醉药品、精神药品等“特殊管理药品”的管理，做到“特殊管理药品”有应急预案，有安全设施，有监督检查，有持续改进措施。开展并落实了处方点评制度，对处方临床用药实施动态监测及超常预警，对不合理用药及时予以干预。医院2013年门诊患者抗菌药物使用率约为10%。

开展各种业务培训，提高院感控制工作水平

为提高院感控制技术水平，医院每年都要对全院医务人员、监控员、新进人员进行院感知识培训；每年都派院感科人员及各重点部门的工作人员参加省内外各种院感培训班。全院所有的器械与消毒工作都归口到了供应室进行统一的清洗消毒，并实行下收下送。特别是对全院每一名工作人员的手卫生进行规范管理，要求人人都要掌握六步洗手法，院感科、护理部不定期下科室抽考。每个洗手池边都张贴有六步洗手法的彩图，各临床科室均安装了干手设施，各病区走廊、治疗车、换药车、护理车均配有快速手消，ICU、血透室等重点部门每床尾都配有快速手消。

医院经常举办各种类型的学习班与学术讲座，学习内容有医德医风教育、法律法规知识培训、专业知识讲座、各种新进展、专业技能等。鼓励年轻医务人员读硕及专升本，医院每年组织至少6次“三基”知识的考试考核，对新聘医务人员进行为期半月的岗前培训，考核合格后方能上岗。去年参加全国百姓放心示范医院大讲堂的网络培训的医务人员共有264人，考试通过合格率100%。

医院经常组织各类文体活动，组织员工进行文艺汇演。演讲比赛、体育比赛，丰富文化生活，增强单位的凝聚力与向心力。

落实惠民服务举措　提升医院整体形象

医院积极开展“治未病”活动，每年“三伏天”都组织专业人员为患

者服务。积极回报社会，连续多年为贫困白内障患者实施免费复明手术。仅2013年就为260名农村贫困白内障患者实施了免费复明手术，院方贴补资金达25.7万元。为72名靠维持性血液透析维持生命的尿毒症病友贴补资金60余万元。为落实农村孕产妇基本医疗服务全免费政策，医院共为519名产妇贴补资金20余万元。

通过参与全国百姓放心示范医院的创建和动态管理工作，澧县中医医院管理得到了规范，质量得到了加强，安全得到了保证，水平得到了提高，形象得到了提升，同时也给医院带来了良好的社会效益和经济效益。2013年度收治住院病人15 633人次，年门诊量19.8万人次，完成业务收入8 481万元。经济收入较2012年增长19.1%。门诊病人次均费用、住院病人次均费用、药品比例均得到了逐步控制，医院社会声誉与影响不断扩大。2013年，医院党委被评为“常德市卫生系统先进基层党组织”，医院工会被评为“常德市模范职工之家”单位，医院已连续3年荣获常德市“维护消费者合法权益先进单位”称号。

（原载2014年6月《墨池文学》杂志第7期，与戴清华合作；2014年11月澧县人民政府网，与梁先海合作）

务实为民谋福祉

——澧县中医医院党的群众路线教育实践活动纪实

编者按：根据党的群众路线教育实践活动突出问题整改的要求，为进一步规范医务人员执业行为，提高服务质量，改善服务态度，优化服务环境，提高服务水平，重树行业形象。9月2日，澧县中医医院党委书记、院长滕自觉做客澧县人民广播电台《行风热线》栏目，接受节目主持人——阳光的访谈。现将访谈详细内容刊登，以飨读者。

主持人：收音机前的各位听众，大家好！您现在收听的是调频104.7兆赫，澧县人民广播电台交通频道，正在为您直播的是由本台和纪委纠风办为您打造的《行风热线》栏目，我是主持人阳光，感谢您的选择和守候。今天走进《行风热线》直播间，来和我们互动的是澧县中医医院党委书记、院长滕自觉。在这期节目中，滕院长将就听众朋友关心的医疗惠民政策等方面来和听众朋友沟通交流。

滕自觉：主持人好！各位听众朋友，大家好！很高兴通过澧县广播电台《行风热线》节目这样一个平台，来和听众朋友交流和沟通，衷心感谢大家对澧县中医医院的关心、理解、信任和支持！

主持人：滕院长，听说全县的“新农合特慢病管理中心”落户在中医医院，请您详细介绍一下。

滕自觉：全县新农合确定的特慢病共有 25 种，大家了解最多的是糖尿病，其实还有冠心病、风心病、肺心病、慢性肾炎、类风湿关节炎等 25 种疾病。规范特慢病管理工作是政府为民办实事的一项具体举措，是密切党群关系的重要手段，是党的群众路线教育实践活动中解决服务群众最后一公里的有效途径。中医医院作为具体的承办单位，要把政府对特慢病患者的关心传递，把政府的温暖送到，我们将致力从三个方面着手。一是创新服务模式。采取医生与特慢病患者一对一的服务。即每名已鉴定取证的特慢病患者，会有一名中医医院的医师对您进行健康管理。二是规范诊疗行为。利用现代医学科技前沿的最新知识，按照《湖南省临床诊疗指南》的要求，帮助患者制定合理有效的治疗方案，把有限的资金用在刀刃上。三是提供优质服务。医院特意印制了“特慢病管理联系卡”，为每名特慢病患者送上一张，上面有特慢病病友“一对一”的健康管理医师的姓名与联系方式，有年审的相关事宜。“一对一”的健康管理医师会定期访视患者，不定期的电话随访，追踪其遵医行为如何，目前状况怎样，指导其合理用药、病情监测与疾病知识、养生常识等，并为病友提供 24 小时的免费电话咨询服务。

主持人：滕院长，中医医院最近获评为“全国百姓放心示范医院”称号，贵院是何时开始创建，又是如何“让百姓放心、树行业标杆”的呢？

滕自觉：去年 4 月，医院通过了新一轮的二级甲等中医医院的评审验收。同期，医院党委为使我院医疗服务上水平，医院管理上层次，决定向中国医师协会申请，开展“全国百姓放心示范医院”创建活动。

在创建过程中，我院紧紧围绕“提高质量、优化流程”这一主题，紧扣“质量、安全、服务、流程、能力、环境、效率、责任”这个核心，加强医院内涵建设，扎实地为百姓办实事，促进医院可持续发展。今年 5 月中旬，医院顺利通过了中国医师协会组织的专家进行的“全国百姓放心示范医院”的现场考核。8 月 15 日，在北京召开的“全国百姓放心示范医院”总结交流会上，为医院被授予了“全国百姓放心示范医院”，这是湖南省第一家县级中医医院获此殊荣。

主持人：湖南省第一家县级中医医院获此殊荣，真不错，值得祝贺。中医医院这几年的发展确实有目共睹，内科大楼、外科大楼漂亮舒适，门诊、急诊人来人往，救护车进进出出。县人民医院马上就要搬迁了，老城区就只剩下中医院这一家“二甲”医院了，贵院要承担的医疗救治任务将越来越重，贵院已采取哪些应对措施了呢？

滕自觉：感谢主持人对中医医院的肯定，感谢所有关心、关爱、关注中医医院的朋友。的确如此，县人民医院的搬家，对中医医院的发展是一次挑战，一种压力，更是一种机遇。

近年来，医院加强了内涵建设，细分了各专科，现有临床科室17个，开设病房护理单元13个。成立了重症监护病房、规范化重组了急诊科。神经外科、骨伤科病房独立开设，血液净化治疗范围的扩展，新生儿病房的建设，10人舱的高压氧舱治疗的开展，DR成像系统等仪器设备的新添置……这一切，旨在提升中医医院的综合服务功能，满足老百姓的医疗服务需求。

在此，想给大家纠正一个误区：在大多数老百姓心中，总认为中医医院都是“慢郎中”，能治慢性病，对医院的综合服务功能不甚了解。其实，澧县中医医院不仅拥有中医药服务功能，能治慢性病、善“治未病”，也能开刀做手术；不仅能做开腹手术，也能做微创手术，如腹腔镜下胆囊切除术、胆道探查术、钬激光碎石术等，更能做开颅手术，如开颅血肿清除术、去骨瓣减压术、颅骨修补术等。不仅有普通的病房，也设置了10张高配置的重症监护病房，具有了一定的急诊抢救能力。

特别值得一提的是，医院的急诊急救体系建设。我们医院急诊科现有工作人员26名，建筑面积1 800平方米，“3120120”院前急救电话24小时有专人值守，配有3台救护车，24小时执行任务，急诊内科、急诊外科诊室24小时开放，随时接诊急诊病人。急诊科设有急诊清创室、抢救室。病人进入急诊大厅后，落实“一条龙”服务，即入科有人接，检查有人陪，治疗有人管，会诊及时到。急危重症病人会有医务人员陪检、陪送到科室，普通病人会有担架队服务，实行一次性预缴费制，免去了往返缴费的麻烦。神经外科、骨伤科病房的独立开设，手术室、重症监护病房医疗技术水平的日趋成熟，各个流程的优化与便捷，各项制度的落实与完善，真正畅通了急诊“绿色通道”。

主持人：中医医院如此注重急诊急救体系的建设，也能解决一些急危重症，您不说，大家还真不是太了解。我们能看到的是，中医医院的房子很漂亮，人气越来越旺；我们听到最多的是，中医医院的服务很好，医生护士一点也不神气。在贵院的门诊大厅正中，有一个“一站式服务台”特别醒目，每次路过，都有很多人在那里，具体都承担了哪些职能呢?

滕自觉：这是医院党委在开展党的群众路线教育实践活动中落实的第一项整改措施。医院规模扩大了，确实需要有一个前置的开放式窗口，与病友“零距离”的沟通、“零距离”帮助解决问题。我们参照了政府的政务中心管理模式开展服务，医院的一站式服务台共有九大职能，有些职能是尽量让病人少跑路、不跑弯路。服务台的护士总结为：病友您若有不便，“为您服务”红飘带，主动帮您把困解，我们是您“免费的咨询员、义务的健教员、热情的帮扶者、热心的联系者”。

主持人：滕院长，最后请总结一下，贵院在深入开展党的群众路线教育实践活动中，务实为民地做了哪些实实在在的工作呢?

滕自觉：医院作为全县最早的二级甲等中医医院，是一家非营利公立医院，在深入开展党的群众路线教育实践活动中，我们按照“照镜子、正衣冠、洗洗澡、治治病”的总要求，抱着“真学、真听、真谈、真改”的积极态度，一切以病人为中心，为了病人的一切，为了一切病人，扎扎实实地做了以下十项工作：

1. 在全院范围内开展“转换角色、换位体验”活动。

2. 继续开展“全国百姓放心示范医院”创建活动。

3. 借县新农合特慢病管理中心落户医院这个机会，利用特慢病管理中心这个平台，创新特慢病管理方式、延伸服务内容。

4. 扩展医院的综合服务功能，畅通急诊“绿色通道”。

5. 完善并落实一站式服务台的九项便民措施，为就诊的病友送去便捷、高效与满意的服务。

6. 继续开展免费白内障复明手术，为失明病人送去光明与温暖活动。

7. 继续开展农村孕产妇基本医疗服务全免费活动，为家庭、为产妇送去政府的关爱。

8. 继续推行优质护理服务工程，为住院病友改善就医的内心体验活动。

9. 健康管理中心推行优质的健康管理服务，如“治未病”“中医养生”“体质辨识”服务，健康知识讲座、入社区进乡村义诊，为健康和亚健康人群送去健康福音。

10. 完善并落实出院病人结算与随访制度，让出院病友满意而回，并感受医务人员对其在家康复过程的关心。

主持人：各位听众朋友，感谢您的积极参与和支持我们的节目。因时间关系，今天的《行风热线》节目直播到此结束，下次再会。同时，我们非常感谢澧县中医医院党委书记、院长滕自觉做客我们的直播间。

滕自觉：感谢节目主持人和全县广大听众朋友。

（原载 2014 年 9 月《墨池文学》杂志第 9 期，与戴清华合作）

澧县中医人的梦想

——献给创建三级甲等中医医院

澧县中医人从繁花似锦的时代走来，带着我们浓浓的无限生机，在起伏的澧水之畔，春潮播出一浪浪催人奋进的歌声。

68 年的光荣与梦想交织，20 世纪 70 年代，澧县中医人心忧天下，敢为人先。创立的小儿麻痹科，享誉华夏大地，名扬东南亚国家。

20 世纪 90 年代末，世界医学科技发展风起云涌，50 年斑驳的澧县中医医院跳动着气象万千的脉搏，成功创建二级甲等中医医院。

这一朵杏林奇葩，伴随澧县经济跨越式的发展，随着时代的节拍，敢朝沧海呼大志，一往无前书写求实创新之歌。

海纳百川，有容乃大。进入新世纪，澧县中医人高举发展的大旗，借扶摇之风，再铸澧县中医医院的里程碑。

糖尿病科、脑病科（中风）、肛肠科、眼科、针灸推拿、心血管科、儿科等特色科室，让中医之花在湖湘大地飘香。

我们用历史的使命，创建一流医院，造就一流人才，做出一流贡献。1998 年抗洪救灾有中医人奋勇向前的身影；2003 年非典，我们顽强坚守岗位；全县“手足口病”防治，“贫困白内障”手术复明工程，残疾人鉴定，我们光荣承担县委、县政府交给我们的神圣使命。

我们用核心价值观，先做人，后做事，我们以昂扬的精神风貌，把超一流的医德医风，汇入百姓的心中。

时刻牢记“诚信、敬业、仁爱、创新”的院训；“以人为本、中西合璧、凸显特色、惠泽百姓”是我们的办院方向。

国粹精髓，妙手回春，抚平人间的创伤，爱的花朵，点燃希望的太阳。牢记自己的使命：发展中医、关爱生命、呵护健康、臻于至善。让传统中医展新姿，中西结合，医疗史册增辉煌。

为了中医梦，为了中国梦，我们愿做生命的捍卫者，我们甘为健康的守护神，用闪烁的火花将激情点燃。

为了中医梦，为了中国梦，我们迈着铿锵有力的步伐，用一颗纯净的心灵去谱写中医药新的华章，登上中医药更高的创新舞台，去见证澧县中医医院日益强盛的春天。

为了中医梦，为了中国梦，在这一个中医药文化闪耀的时代，我们用智慧换来荣光，用高超医疗水平迎来幸福，去实现创立三甲医院的梦想。

（2014 年 10 月与谭晓春合作，荣获澧县中国梦主题文学作品优秀奖；2015 年 6 月收录于《澧州，一个筑梦的地方》）

推进继承创新　发挥特色优势

——澧县中医医院 2014 年工作巡礼

2014 年，澧县中医医院在县委、县政府的正确领导下，紧紧围绕“以病人为中心，发挥中医药特色优势，提高中医临床疗效”主题，深入开展党的群众路线教育实践活动，创建“全国百姓放心示范医院”“全国爱婴医院”，开展“优质服务竞赛”活动，全面加强医院内涵建设，两个效益明显提高，完成了预期工作任务。一年来，共接诊门急诊病人 21 万人次，收治住院病人 1.7 万人次，完成手术（含门诊）4 000 多台次，医院收入突破了一个亿。

扎实推进党的群众路线教育实践活动

为扎实推进党的群众路线教育实践活动，医院党委结合卫生行业的特点，着力解决服务群众“最后一公里”的问题，即群众在看病就医方面存在的热点难点问题，129 名党员及二层骨干参与了“转换角色、换位体验”活动，以患者或陪护人员的身份，从挂号开始看一次病或办一件事，全程体验整个流程中各个环节的工作作风和服务态度。同时，在党的群众路线教育实践活动中开展“五比五看”，即比学习，看能力；比工作，看贡献；比创新，看实绩；比文明，看素质；比团结，看和谐，充分发挥党员干部的先锋模范作用。对领导班子存在的问题，特别是医疗服务行为不规范、涉及服务群众“最后一公里”的问题得到整改落实，成效明显，令群众满意。

一是完善一站式服务台功能。热情接待患者，及时解惑释疑，整合多个服务功能，服务窗口前移，解决办事来回跑的问题。

二是完善医院标识系统。各诊室诊疗范围规范，各病区标识清晰，方便患者正确选择就诊科室和医生。

三是落实首问首诊负责制。医院各类工作人员（包括安保、清洁工、担架队）在第一时间内接受患者咨询的，要根据自己的工作职责予以解答，对不属自己业务范围内的事情，要负责给予必要的指引或介绍，或将患者引导至相应科室，不以任何借口推诿、拒绝或拖延处理时间。

四是实行“一卡通”服务系统。缩短病人挂号缴费时间，方便门诊病人就诊，导诊人员及时对挂号患者进行分流，加强对候诊病人与各诊室的巡查，做好导诊的相关工作。

五是功能科安排专人排队、叫号、导诊、分诊、取结果，缓解病人等待时间过长的问题；检验科危急值及时报告相应科室处理。

六是实行周末卫生日制度，定时卫生督查，与物业公司共同做好医院环境卫生管理工作，为患者提供温馨、方便、优质、舒适的诊疗环境。

七是在收费处、药房安装监控报警系统，安保工作人员定时巡视，做好防盗等相关工作。

八是开展惠民活动，为240名白内障患者开展免费复明手术，为2 000多名残疾人进行免费残疾等级鉴定，为9 775名新农合特慢病患者进行特慢病管理服务。

成功创建“全国百姓放心示范医院”

自2013年5月申报参加“全国百姓放心示范医院”创建以来，按照中国医院协会关于《全国百姓放心示范医院动态管理第四周期考核标准》要求，重点在“医护质量、患者安全、诊疗流程、医院服务、医院管理、社会评价、参加百姓放心示范医院活动”等七个方面做文章。医院于2014年8月荣获“全国百姓放心示范医院”奖牌，院长滕自觉荣膺“全国百姓放心医院优秀管理者”称号。通过创建“全国百姓放心示范医院”，医院的内涵建设在“质量、安全、服务、流程、管理”等方面得到促进与提高。

坚决纠正损害群众利益行为的专项整治工作

针对医疗服务不规范行为整治的“五个重点”内容，医院明确责任人与责任科室，逐条逐项整改。5月25日，在市、县卫生局组织的医疗服务不规范、药品网上采购及管理使用问题、套取农合基金使用情况等3个专项整治工作督导检查中，医院的工作得到了市卫生局的认可与肯定，并在全市工作大会上予以表扬。

医院加强对卫生耗材的管理，严把准入关。市药监局组织“医疗器械五整治”工作督导检查，医院内置材料等高值耗材管理工作受到了高度肯定。

大力开展优质服务竞赛活动

一是落实了首问首诊负责制，个个都是导诊员，处处都是问询处。

二是规范医务人员着装，重新统一制作不锈钢工号牌，人人都是代言人，个个挂牌上岗，自觉接受监督。

三是推行医院文明用语，重新制定一批文明用语，贴在两幢新楼之中，提醒中医人时时处处有礼有节。

四是开展全程优质服务工作，充实一站式服务台与临床服务中心人力与服务功能，规范出院结算流程，畅通急诊绿色通道，全面推进优质护理服务，病人对医院总体满意率在96%以上。

五是整治院容院貌，重新招标物业公司、安保公司，院内清洁卫生、院落车辆停放有序。

六是创建无烟医院，设立禁烟标示，聘请吸烟劝阻员，开设戒烟门诊咨询室，利用“世界无烟日”开展宣教活动。

七是实施投诉责任追究，畅通多渠道的投诉方式，公示投诉电话，设立意见箱，热情接待投诉病人，实行首诉负责制，认真调查处理并及时回复。

八是加强医院文化建设，在医院门诊、急诊大厅将医院的“院训、战略、使命”雕刻在墙上，诊治过程中显示中医文化，浓厚中医文化氛围。

九是治理不合理检查、不合理用药，各职能科室加强业务监督与指导，加大违规行为的惩处力度。

十是出院病人回访，13 个病区均按要求落实电话回访，架起医院与家庭的“连心桥”。

狠抓内涵建设提高服务水平

不断创新质量管理，推行医政管理模式，联合医务、质控、院感、医保管理、药剂五大职能管理部门进行业务大查房，质量持续改进。

着力发展各专科的核心诊疗技术，如神经外科成功开展硬膜下血肿清除、去骨瓣减压术、脑室出血、脑室引流术、脑室－腹腔分流术、硬膜外血肿引流等手术，完成开颅手术 30 余台，抢救重型颅脑外伤 60 人次；普外科开展腹腔镜手术与急诊手术 800 余台，特别是对急诊、多发伤病人的处置能力明显提高。ICU 医务人员开展心肺复苏术、心脏除颤术、深静脉置管手术、气管切开术、呼吸机的临床应用日趋娴熟，精心治疗护理急危重症患者 900 多床日。肛肠科引进并推广应用直肠黏膜套扎术（RPH），真正实行微创微痛的治疗理念。心血管科对于严重心律失常的早期识别、不稳定性心绞痛、急性心肌梗死的早期救治能力明显提升。风湿病科利用骨密度测量仪等检测手段，运用同位素治疗、生物制剂治疗风湿免疫性疾病，反响甚好。

全力以赴开展爱婴医院创建工作

医院自2014年8月份开始，积极组织爱婴医院创建工作，按照《爱婴医院标准》要求，逐条逐项抓落实。医院层层召开相关会议，制定了爱婴医院创建工作方案，成立了领导小组和技术指导小组，开通了24小时母乳喂养咨询热线，加强了母乳喂养政策和知识培训，开办了孕妇学校，开辟了健教宣传栏，印制2 000本《母乳喂养好》宣传手册，通过多途径进行母乳喂养知识宣传，逐步降低非医学指征剖宫产率，不断提高母乳喂养率，促进母婴健康。目前，创建爱婴医院迎检工作正在紧锣密鼓地进行，力争创建一举成功。

（原载2015年《墨池文学》1—2合期，与戴清华合作）

“湘中医”医疗联盟赴澧县中医医院传经送宝助推医院发展

大手牵小手，医疗结联盟。旨在推动医疗市场健康有序、促进中医药事业的共同发展与繁荣，10 月 28 日至 29 日，湖南中医药大学第一附属医院“湘中医”医疗联盟巡诊讲学专家团队一行 7 人赴澧县中医医院讲学、巡诊，专家团队由“湘中医”医疗联盟办公室副主任刘犁带队，参加本次活动的专家有眼科主任、研究生导师喻京生教授，脑病科（中风）主任、博士生导师周德生教授，心血管科副主任、博士生导师刘建和教授，肿瘤科主任、博士生导师曾柏荣教授和副教授刘伟，脊柱骨伤科主任、硕士研究生导师周长征教授。

10 月 28 日下午 3 时，湖南中医药大学第一附属医院脑病科（中风）主任、博士生导师周德生教授与心血管科副主任、博士生导师刘建和教授分别进行了“冲气理论与脑出血治疗”“心衰的中医思考”的两堂讲学。10 月 29 日上午 9 时，专家们分别莅临各病房进行查房会诊、现场为医院的医务人员及住院患者进行面对面的解疑释惑，收到了良好的效果。

澧县中医医院副院长李松柏告诉记者，湖南中医药大学第一附属医院作为省级三甲中医医院，充分发挥自身技术、人才等方面的优势，特别是在重点专科建设、人才培养、科研教学、医院管理等多领域加强与县级中医医院合作，不断地提升县级中医医院的医疗服务能力和水平。同时，我们一定会在上级医院的大力支持和精心指导下，在技术合作、资源共享、分级诊疗等方面谋求更大的发展，为创建三级中医医院奠定坚实的基础。

（原载 2016 年 12 月《墨池文学》杂志第 12 期，与记者田继舫、柏依朴合作）

澧县中医医院和澧州医院整合工作已启动

9月1日，澧县中医医院和澧州医院整合工作启动会在澧州医院会议室举行。县人民政府副县长高波、澧县卫计局党组书记孟令军、局长肖琳、县中医医院院长滕自觉、县中医医院副院长兼澧州院区管委会主任何兵才及两院中层骨干共120多人参加会议。会议由孟令军同志主持。

副县长高波同志强调，澧县中医医院与澧州医院整合是深化医改的重要决策，是县委、县政府优化资源配置的重要决策，是打造健康澧县的重大决策。他明确了两家医院实行的是人员、职能、资产和债务的整合；要求在9月15日前完成机构合并工作，实现“一院两区”的管理模式；于明年4月底前完成场所合并工作，即澧州院区整体搬迁至澧县中医医院院区。

他强调，两家医院在机构整合、人员融合过程中，要认真做好宣传解释工作，科学规划医院建设，切实加强思想作风建设，把干部职工的思想统一到县委、县政府的决策部署上来，统一到医院的发展大局上来，统一到三级医院的争创上来。

县中医医院院长滕自觉同志作表态发言说，澧县中医医院与澧州医院实行全面整合是县委、县政府立足澧县卫生医疗事业全局作出的重大战略决策。我们将全力抓好各项整合工作任务的贯彻落实，两院合并实行“一院两区”管理模式，重点抓项目建设及时跟进、抓制度建设执行到位、抓专科特色铸就品牌、抓中医特色发挥优势、抓质量安全永不止步、抓优质服务追求满意、抓人才培养增添后劲、抓党建引领创新发展，为实现新澧州、新中医的跨越式发展而努力奋斗。

县中医医院副院长兼澧州院区管委会主任何兵才表态发言说：在县委、县政府的坚强领导下，我们要主动作为，不折不扣，保质保量完成既定目标任务，尽快让澧医人充分融入澧县中医大家庭，共筑中医梦，共谱新华章。

县卫计局党委书记孟令军同志就两家医院的整合工作，提出了“四个确保”的工作要求，即确保思想认识统一到位，确保合并运行到位，确保措施跟进到位，确保大局稳定到位。

新时代、新澧州、新中医！以同心求同德，以互信求合力，从整合到融合，从合并到合力，新中医医院扬帆起航啦！

（原载 2017 年《城头山文学》第 9 期，与戴清华合作）

爱在澧州　美在中医　健康养生　你我同行

——澧县中医医院举行健身气功八段锦比武活动

秋风送爽，丹桂飘香。9 月 29 日晚，澧县“中医杯”健身气功八段锦比武活动在翊武公园举行。本次活动以“爱在澧州、美在中医、健康养生、你我同行”为主题，传承中医药养生文化，展示中医人精神风貌，县中医医院组织了 8 支队伍参加比赛，县领导罗慧、高波、邓连琼观看比赛并为获奖科室和个人颁奖。

医院党委书记、院长滕自觉在致辞中说，经过几代中医人的努力，医院先后获“全国百姓放心示范医院”“全国爱婴医院”等称号。特别是近 10 年来，医院发展迅速，已进入全省中医系统县级医院第一方阵。医院的脑病科（中风）、肛肠科、骨伤科成为省级中医特色专科；心血管科、眼科、针灸推拿科、儿科、糖尿病科等专科成为市级中医重点专科。随着澧县中医医院与澧州医院整体合并，心血管介入与外周介入诊疗技术、腹腔镜微创技术、泌尿外科微创技术、血吸虫病诊疗技术等专科优势进一步凸显，医院综合服务能力得到了很大提升。滕自觉院长指出，澧县中医人十分重视健康养生，注重传承中华民族的传统文化，积极开展慢性病防治示范创建工作，倡导全民健康生活方式，努力践行“三减三健”，迈向健康，全面落实澧县卫生健康大会精神，率先开展“现场救护——第一目击者行动”公益活动。

滕自觉院长强调，在澧县县委、县政府的正确领导下，在社会各界的关心与支持下，在700多名中医人的共同努力下，一个以“澧水流域微创中心、介入中心、眼科中心、疼痛康复中心和健康管理中心”为特色的现代化中医医院将会展现在澧县人民面前，成功创建“三级甲等中医医院”的奋斗目标一定会实现。

比赛共分为4场，第一场比赛为青春无敌队与微创先锋队，第二场比赛是上帝之眼队与微创天使队，第三场比赛是药剂代表队与杏林女神队，第四场比赛是大医精诚队与智慧之星队，经过一个半小时紧张的角逐，药剂代表队荣获第一名，杏林女神队荣获第二名，智慧之星队荣获第三名；微创天使队荣获团体文化最佳创意设计团队和观众最喜爱团队两项大奖；大医精诚队、微创天使队、青春无敌队、上帝之眼队荣获优胜奖。

“我们将立足新起点，满怀新斗志，履行新使命，树立新形象，奋勇开创澧县中医医院更加辉煌的明天！”6人参与《砥砺前行，走进澧县中医新时代》的诗歌朗诵，将比武活动推向高潮！

颁奖前，由澧县一中资深音乐老师廖小波组织八支参赛队伍共160人同台齐唱《澧县中医医院院歌》，圆满结束本次活动。

县卫计局班子主要成员，县总工会、团县委主要负责人及社区居民约2 000人参加活动，微信直播点击量达18万人次。

（原载2017年9月30日《常德日报》、澧县人民政府网，与戴清华、柏依朴、《常德日报》记者袁梓凌合作）

破茧化蝶　香溢杏林

——澧县中医医院创建三级中医医院工作纪实

中医药是我国古代灿烂文化的重要组成部分。弘扬国粹，积淀着中医人的质朴厚重；整合图强，方显出中医人英雄本色。澧县中医医院走过七十多年历程后，2017年6月29日，澧县启动中医医院与澧州医院整合工作，组建了新的澧县中医医院，并迈开了创建三级中医医院的步伐。中医人举全院之力，凝全院之心，在创建三级中医医院的进程中实践传承与跨越，谱写出新时代的杏林华章。

吹响创建的“集结号”

2016年7月，澧县中医医院吹响了创建三级中医医院的“集结号”。2018年7月3日，是澧县中医人值得纪念的日子，常德市卫健委同意澧县中医医院进行三级医院创建并向省中医药管理局递交申请。从此，该院拉开了创建三级中医医院的序幕。

旋即，澧县中医医院成立创建领导机构，设立创建三级医院办公室。

全院动员，全员参与，全面准备，全力以赴。7月18日，澧县中医医院在县行政中心召开了创建三级中医医院再动员大会。

思路就是出路，机遇就在眼前。医院党委书记、院长滕自觉在会上嘹亮地吹响了“集结号”：创建三级中医医院是当务之急，是全体中医人多年的梦想。全体中医人要认真学习创建三级中医医院有关文件，以奋发有为的精神状态、精益求精的工作标准，致力打造医院七大中心，全力以赴争创三级中医医院，确保创建工作顺利完成。

各科主任向医院递交了“创建三级中医医院工作责任状”。来自医疗、护理、医技、药剂、职能部门的代表就“三级中医医院创建”作表态发言。大家表示，将坚定信心、满怀激情、开拓进取、奋勇拼搏，为赢得三级医院的入场券而努力，为实现澧县中医医院的新跨越而奋斗。

11 月 14 日下午，在参观了县中医医院项目建设现场后，县委书记邹如龙主持召开了澧县三级医院创建工作调度会，县委常委、常务副县长金贤松，县委常委、宣传部长罗慧，县人大常委会副主任鲁明金，副县长高波、罗先春，县政协副主席何柏林参加了会议。

县委书记邹如龙强调，县人民医院、中医医院的三级医院创建是津澧新城城市发展和医院自身建设的需要，是历史赋予医院现代建设者的责任，两家医院全体职工要团结一心，人人为创建献计献策，在硬件建设、基础管理、学科建设、人才培养、教学科研等方面狠下功夫，不断提升医院综合实力，为推动医院可持续性发展打下坚实基础。

在上级领导的关怀下，县中医医院全面启动了创建工作。风好正是扬帆时，与时俱进竞风流，县中医医院顺势扬起了创建的风帆。

决胜全面“攻坚战”

改革出活力，改革出动力。过程也许比结果更重要，这是医院创三级医院的实质所在。中医医院上至院长下到保安、清洁员全部纳为培训对象，制订了严格的培训、考核制度，譬如：心肺复苏技能、手卫生知识、消防知识、应知应会知识等，没落下一项，没漏掉一个人，实现了真正意义上的全员培训、人人参与、整体提高。

创建工作开展以来，医院按照《三级中医医院评审实施细则》标准，建立健全医院职能管理机构，新增设了党办、监察室、审计科、经管办、基建办、修志办、质控科、科教科、基层服务部、保健科等，完善了职能科室组织机构；调整、组建了“学术委员会”“医疗质量管理委员会”“医院感染管理委员会”“病案管理委员会”，并完善其职能；制定出台了各项规章制度，明确了各级各类人员职责，使医院各项工作规范化、制度化，并完成了网上预约挂号、网上微信支付上线等信息化建设。

在推进三级中医院的创建进程中，医院对医疗、药剂、护理服务的全过程进行系统的质量监控，建立了院、科、组三级质控网络。医疗、护理、药剂质量管理工作由各分管业务领导把关，定期召开质控会议，讨论各科质控情况，使质控管理工作有计划、有措施、有记录，年终有总结。首诊负责制、会诊制度、三级医师查房制度等 14 项医疗核心制度逐步得以贯彻落实。医院形成了人人参与、层层把关的创建局面，促进了医疗技术水平和服务水平不断提高。

坚持特色，发挥优势，是中医医院建设与发展的灵魂，重点中医专科和学科建设是打造医院品牌的关键。近年来，医院认真落实省中医药局关于加强中医重点专科建设的精神，稳步推进中医特色专科建设，确立了“院有重点、科有特色”的重点专科建设指导思想，制定了肛肠科、骨伤科、脑病科（中风）、肿瘤科等重点中医专科建设发展规划，以加强中医临床重点专科建设和发展为抓手，推动全院各科发展。

“突中医、显特色、优服务”，部分科室相继开设了中医特色治疗室以及中医临床路径，全院中药饮片的使用总额达 1 000 万元，占药品收入的 13%。全院积极开展中医特色护理 28 项，采取艾灸、拔罐、腕踝针、刮痧、中医定向透药治疗、穴位注射、中药湿敷、中药热罨包治疗、中药超声雾化、穴位按摩等多样化手段。今年，全院非药物治疗技术收入 980 万元，比去年同期增长 35%。

目前，医院肛肠科、骨伤科获评全省中医特色专科，心血管科、儿科、眼科、针灸推拿科、脑病科（中风）等 5 个学科获评全省中医重点专科，糖尿病科等 5 个学科获评全市中医重点专科，澧州微创中心荣获“全县重大突出贡献科室”称号。

中医医院还大力加强中医药文化建设。创建工作开展以来，医院制定出台了《中医药文化建设实施方案》，在院内设立了中医文化墙、中医药养生保健知识长廊，让就诊者在“看中医、吃中药”的同时，充分感受中医药文化的博大精深。

9月9日，澧县中医医院在群玉广场开展大型义诊活动，近百名医护人员参加义诊服务。医护人员为现场群众提供了20多个项目的诊疗服务，其中耳穴压豆、中医刮痧、中医推拿、眼科检查等项目最具特色。活动接待义诊300余人，发放各类科普宣传资料500多份，不仅将常规医疗服务送到群众身边，还让更多的群众直接面对省级专家、切身体验中医药适宜技术。

全院干部职工把医院创三级看成是为百姓创建、为自己创建，大家都自觉加班加点，取消双休日，全身心地投入医院创建工作中去。名医老专家虽两鬓染霜，但一个个仍精神矍铄，运用精深的医理、精湛的医术为患者排忧解难。医院青年才俊更是把创建作为难得的机遇，用青春和激情谱写一曲曲动人的创建之歌。

创建，是挑战，更是机遇；创建，激发了全院职工的斗志，凝聚了人心。

喜看战役“风景线”

创建加快了医院基本建设。医院住院、门诊大楼改造建设项目，国家投资6 350万元。原澧县人民医院老院区土地和资产转划新澧县中医医院，两址合并，主要改造建设内容为：改造老人民医院内的住院楼，急诊大楼进行室内外装修，拆除原澧县人民医院内除住院楼、急诊大楼以外的其他建筑，对老人民医院院落的场坪道路、停车位、综合管网以及院内污水处理站等进行升级改造。

6月6日，医院完成澧州院区的妇产科与院本部妇产科病房搬迁合并，澧州院区的疼痛科与院本部的针灸推拿科整合为疼痛中心。6月15

日，澧州院区的骨伤科与院本部外二科合并。12月27日至29日，澧州院区全部搬迁至县人民医院的老院区完成深度整合，2019年元旦正式启用。目前，全院开设23个病区，至此，中医医院在基础设施方面已经具备三级中医院规模。

创建提升了两个效益。医院按照创建等级医院的要求实行了综合目标管理，不断强化医院基础管理、学科建设、人才培养、中医药文化建设；与此同时，加强经济核算，实行成本控制，增添先进的医疗设备，不断满足临床科室的需求，使医疗质量和经济效益逐年提高。

目前，医院编制病床678张，有大型医疗设备500余台（件）。2018年，医院接诊门急诊病人257 388人次；收治住院病人24 029人次，救治晚期血吸虫病人400人次，收治尘肺病人500人次，为贫困人群建档立卡870户；完成住院手术10 800台次；完成总收入24 868万元。医院安全稳定，社会声誉良好。

创建孕育出人才梯队。创建工作开展以来，医院高度重视科技先导作用，成立各科室科研小组，各学科间围绕相关疾病的诊治形成“疾病诊治链”。创建为全院教学、科研、人才建设注入了新的活力。今年，李松柏副院长申报的科研课题《自拟益气活血祛瘀方辅助静脉溶栓治疗急性心肌梗死的作用机理研究》，获得湖南省科技厅湖南省2019年度自然科学基金立项，这是该院科研工作的历史性突破。

医院现有医护人员753人，其中专业技术人员624人，基本形成了一支医德好、技术精、结构比较合理的人才梯队，为医院可持续发展奠定了坚实的基础。今年，在“5·12国际护士节”庆祝大会上，李慧敏获“湖南省优质护理服务表现突出个人”，吴耘荣获“常德市三十年护理奉献奖”，龚光霞、周子兰、柏依清、黄丽华、王君、王美彩获“常德市30年护龄奖章”。在首届“中国医师节”来临之际，医院评出了熊平、黄春连等10名“十佳医生”，评出了秦勇、何兵才等5名“学科成就奖”获得者以及10名“医共体先进个人”，评出了一个优秀团队奖。

2018年12月，护士韩露露获全省护理技能培训竞赛三等奖，副主任中药师胡国春获“全国中医药特色技术传承人”称号。

创建提升了医院综合实力。通过创建，医院基本建设、管理水平、医疗质量等有了进一步提高。医院先后被列入湖南中医药大学临床教学基地、湖南省人民医院临床指导医院、中南大学湘雅二院协作医院，并获得全国百姓放心示范医院、全国爱婴医院等荣誉。

澧县中医医院作为全县中医工作的龙头单位，积极参与创建“全国基层中医药先进县”的工作，制定了《澧县中医医院“十三五”发展规划》《澧县中医医院中医药适宜技术推广方案》。9 月 28 日，省评估专家组来院通过现场查资料、走访患者、考核等方式，一致认定澧县通过了全国基层中医药工作先进单位评审。

11 月 16 至 17 日，2018 年全市医学会神经外科专业委员会会议在澧县中医医院召开。神经外科专家云集澧县，探讨脑外科诊疗新思路，开阔了医院神经外科医务人员的视野，进一步提升了神经外科疾病诊疗水平。

创建工作任重道远。创建无疑充满了挑战和艰辛，但创建成果将会充满喜悦和欢乐。我们相信，在澧县中医医院全体员工的共同努力下，创建三级中医医院的目标一定会实现，澧县中医医院的综合实力将更上一层楼。

（原载 2019 年 2 月 18 日《城头山视窗·贺岁刊》，与易宗明、戴清华、孙晓芝合作）

生命至上　用实际行动诠释“硬核”担当

——澧县中医医院抗击新冠病毒肺炎疫情工作纪实

今年年初，武汉暴发新型冠状病毒肺炎疫情，疫情肆虐，猝不及防地向全国蔓延……一场突如其来的战役，让每一个参战者面临着生与死的考验；一个没有硝烟的战场，让每一名参战者面临着只能打赢不能打输的抉择。这个春节，新冠肺炎疫情牵动着所有国人的心。

疫情就是命令，防控就是责任。这场彪炳史册的斗争，不仅验证着古老的中医的神奇，也考验着澧县中医医院800多名医务人员。他们发扬“敬佑生命、救死扶伤、甘于奉献、大爱无疆”的崇高职业精神，勇往直前，无所畏惧，在澧州大地上奏响了战“疫”的壮丽交响曲。

快速反应　只为生命守护

行动！行动！迅速行动！

2020年1月22日，面对来势凶猛的疫情，澧县中医医院党委站在对全县人民群众生命和身体健康高度负责的角度，第一时间内响应澧县县委、县政府的重要决策部署，启动湖南省重大公共卫生突发事件一级响应。党委书记、院长滕自觉周密部署疫情防控工作，新冠肺炎疫情防控工作领导小组随即成立。

《澧县中医医院新冠肺炎疫情防控工作方案》立马制定；

医院预检分诊、急诊、门诊等疫情防控工作旋即启动；发热门诊（含儿科）收治工作宣告开始；

新冠肺炎知识培训考试考核拉开序幕；

穿脱防护服等重大公共卫生突发事件大演练有声有色；

各种疫情防控物资采购风驰电掣……

医院党委严格贯彻落实澧县新冠肺炎疫情防控工作指挥部的各项指令，严格落实国家、省卫生健康委和湖南省中医药管理局《关于印发新冠肺炎诊疗方案》、国家卫生健康委办公厅《关于印发新冠肺炎疫情期间医务人员防护技术指南（试行）》等一系列疫情防控措施，医院印发《澧县中医院新冠肺炎疫情告知书》，制订《澧县中医医院新冠肺炎防控工作十项规定》，特别将“杜绝疫情在院内交叉传播与扩散，确保住院患者及医务人员安全”作为防疫工作的重中之重，常抓不懈。

澧县中医医院的白衣战士踩响了他们保卫人民、抗击新冠病毒肺炎疫情的铿锵脚步。

身先士卒　践行生命承诺

防线！防线！守护防线！

医院党委书记、院长滕自觉从大年三十起每天坚守在工作岗位上，全身心地赶到疫情防控一线，亲自指挥，科学调度，精准施策。

1月24日至25日，副院长、呼吸内科专家李松柏主任医师带队赴澧南镇开展疫情防控工作；

呼吸内科副主任医师张靖晗赴结防所参加定点救治工作；

副院长秦勇担任新冠肺炎疫情防控工作的专家组组长，负责全院新冠肺炎患者的排除、筛查转运等工作；

党委副书记、副院长戴清华负责全院新冠肺炎疫情预检分诊防控工作；

副院长何兵才负责医院19个临床病区的疫情防控工作；副院长郑飞

鹏负责进院患者的发热检测筛查工作；

副院长谢光述负责全院防控物资采购、供应及辖区内居民住户、营养食堂等各类人员的联防联排工作；

纪委书记高云平负责全院疫情防控全面督导工作……

班子成员、科主任、护士长分片包干，责任到人。

院感防控指导组、新冠肺炎诊疗组、疫情防控督导组每天深入医院各诊区、各科室、各病区（房），全力开展疫情防控工作。

各司其职，恪尽职守，由此我们可以看到，在澧县中医医院，战时没有领导，只有冲锋在前的战士。

严防死守　谱写生命赞歌

担当！担当！奋勇担当！

副院长何兵才每天带领相关职能科室主任一日两查、一日一汇总，对重点部位如发热门诊（含儿科）、急诊科实行24小时感控监测，发现隐患及时通报并督促整改到位。

自今年2月10日医院恢复开放普通门诊后，全院认真落实常德市新冠肺炎疫情防控指挥部《关于维护疫情防控期间医院诊疗秩序的通告》。

对进入医院的患者及其陪护人员实行严格的预检分诊及体温检测，发热患者经预检分诊后由专业人员引至发热门诊诊治，发热病人必须常规做血常规及胸部CT检查。

新入院病人必须凭预检分诊单和入院证才能办理住院手续；新病人病区先安排单间病房检查，待排除新冠肺炎疑似后，方可转入普通病房接受治疗。

外科手术病人术前常规完成血常规及胸部CT检查。

住院病人实行一病一陪制度，科室负责陪人每天两次体温监测并建立登记台账；病、陪人出入医院住院大楼时必须接受体温监测。通过采取这一系列科学的防控措施，医院的门诊就医患者秩序井然，住院病区的疫情防控工作有条不紊，全院医务人员、住院患者及辖区内居民没有发生一例新冠肺炎病毒感染，确保了医院“大后方”疫情防控工作的稳定。

副院长何兵才不顾个人安危，身体力行，积极参战，主动参与发热门诊轮班值守、会诊等工作。有一天，他从下午 5 点进入发热诊室就开始忙碌，一直忙到次日早晨 8 点，未吃一粒米、未饮一口水。在发热诊室值守期间，他凭着扎实的专业功底及敏锐的感控视角，及时发现整体防控工作中的院感漏洞。在抗击新冠肺炎防疫过程中，医院发热门诊从 1 月 22 日起立 2 月 25 日分三班，24 小时值班，接诊发热病人 1 008 人，转诊疑似病例 25 人。

2 月 16 日，湖南中医药大学教务处副处长熊焰率专家组一行三人来医院督导新冠肺炎疫情防控工作。在澧县卫生健康局副局长李传栋和医院党委书记、院长滕自觉等领导的陪检下，熊处长一行走进医院预检分诊区，他们目睹医护工作人员规范整齐的着装，就医患者间隔 1 米有序排队测体温，询问工作人员分诊流程，实地查看发热门诊留观、普通门诊及住院病区的防控工作。熊处长一行对全院医护人员严谨、务实的工作表示赞许，勉励大家发扬医务人员崇高的职业精神，坚决打赢新冠肺炎疫情防控阻击战。

逆风而行　成就生命至上

守护！守护！誓言守护！

为响应澧县新冠肺炎防控指挥部决定，由澧县中医医院安排医务人员赶赴澧南卫生院和澧县结防所设置两个定点救治医院，参与全县新冠肺炎统一定点抗疫工作。

“若有难，召必回，战必胜。”1 月 23 日，正当万家团聚之际，面对医院党委紧急招募志愿者，全院 300 余名医护人员踊跃请缨。

急诊科护士长李海霞在请战书上写道：“纵然有 100 头牛也拉不回我驰援武汉的决心，不批准就是对我的一种无情的折磨！”她在请战书上摁下鲜红的手印。

1月24日，呼吸内科副主任医师张靖晗带领放射科主治医师朱传群、护士荣梅奉命前往澧县结防所，与全县其他兄弟单位的医护人员一起参加澧县新冠肺炎定点救治工作。张靖晗等3名医护人员每天穿上厚重的防护服，戴上护目镜立即投入紧张的救治工作中，用实际行动践行医者仁心的责任与担当。一个多月以来，她们收治26例病人，其中6人为确诊病例。3月1日，张靖晗等三位抗疫英雄圆满完成定点救治工作任务，安全返回医院。

1月25日，经党委研究同意由李松柏副院长火速带领杨军、杨翊武、伍辉君、宋燕、吴春霞、周院林、张琴、傅丽琴等10名经验丰富的医护人员，并携带一批疫情防控物资出征澧南卫生院，打响澧南防疫战。

2月7日下午3时，急救“120”车送来一位52岁的疑似新冠肺炎患者。副院长李松柏凭借他二十多年的内科诊疗经验，认为这个病人新冠肺炎的可能性非常大，当即指示病区医护人员按高度疑似患者进行隔离观察治疗并及时进行核酸检测。一次送检核酸检测阴性，李松柏副院长再次认真分析病情，考虑是不是标本采集的问题，建议采集下呼吸道标本，第二次标本送检提示核酸阳性，成功避免了一起因误诊漏诊而导致的病例扩散。

“常德市十佳护理工作者”、澧县优秀共产党员宋燕护士长告诉笔者，虽然这不是武汉的重灾区，但这是澧县的重灾区，抗疫工作量大、任务繁重。30多天来，她们恪尽职守，每天6点15分投入抗疫战斗，直到深夜才休息。

结婚不到一个月的护士张琴，毅然告别新婚的甜蜜，从1月24日大年三十晚上工作至今，无怨无悔。

护士吴春霞，是两个孩子的母亲，儿子只有4岁，女儿不到一岁，为了那份天使的职责，她把襁褓中嗷嗷待哺的幼儿交给家人，在隔离病房工作一月有余，每天深夜才能通过视频与孩子们相见。

在澧南镇卫生院奋战一个多月，他们收治病人32人，其中确诊5例。

1月28日起，医院先后分7批次奉命前往维也纳酒店开展对湖北、武汉返乡人员及新冠病毒密切接触者进行采样，执行医学隔离观察等工作。他们克服随时被隔离人员感染的危险，以高度负责的精神忘我工作，田双双、姚莉、韩运、孙晖琳、曾义、杨文君、刘佳、熊芳、王丹丹、陈雪、胡维、傅甜雷、黄承明、徐菲、赵明明、马婧芸、周杏等20名医护人员圆满完成澧县新冠肺炎疫情防控指挥部交给的各项工作任务。

3月2日，澧县疫情防控指挥部指挥长、县委副书记、代县长王兆铭，常务副指挥长、副县长丁保国，县卫健局党委书记蒋立勇等领导赴疫情一线亲切慰问全体医务工作者，高度赞扬最美“逆行者”所取得的工作成绩。

精准施策　中药护航生命

保障！保障！坚强保障！

抗击疫情，澧县中医人一直在路上。

为充分发挥中医药“治未病”、预防疾病方面的独特优势，医院根据国家中医药管理局精心研制出了抗疫1号方和2号方，为澧县复工企业免费提供预防新冠肺炎中药，加强对澧县复工复产企业易感人群，重点人群的疫情防控。

党委书记、院长滕自觉亲自打电话四处联系货源、协调相关工作，短短3天时间内医院从湖南邵东、安徽亳州等多家中药市场紧急采购中药饮片6 000多公斤。

从2月12日至3月2日，医院免费为澧县112家复工复产规模经营企业、县直事业单位配送中药5 000余份、60 000余包。党委书记、院长滕自觉带队专门赴维也纳酒店、隆元酒店、澧州国际酒店等三家集中隔离定点观察点为全县新冠肺炎患者密切接触者送去连花清瘟胶囊等一批中成药，助推了全县抗疫工作。

行政管理人员积极参与抗击新冠肺炎的防疫工作，他们主动放弃春节假日参加预检分诊及行政值班执勤，组织采购150万元的防控物资等工作。3月5日全院干部职工踊跃捐款6.98万元，无偿献血5 000毫升，为打赢这一场新冠肺炎疫情阻击战提供了坚强的后盾保障。

没有一个冬天不可逾越，没有一个春天不会到来。在抗击新冠肺炎的疫情阻击战中，澧县中医医院精心组织、严密部署、科学防控、精准施策、同舟共济，他们用实际行动诠释了800名中医人防疫抗疫应有的责任与担当，彰显了中医药在防疫攻坚中应有的作用和价值，为坚决打赢新冠肺炎疫情防控阻击战贡献着中医的强大力量。

（原载2020年6月《城头山视窗》，与易宗明合作；2020年6月《城头山文学》，其标题为《一切为了人民生命健康——澧县中医医院抗击新冠病毒肺炎疫情工作纪实》；2021年6月《大澧州》杂志，其标题为《生命至上——澧县中医医院抗击新冠病毒肺炎疫情工作纪实》）

把健康作为最大福祉　把民心作为最大政治

——澧县中医医院为群众办实事札记

今年是我们党建党一百周年，党中央对学习党史进行了专门部署。澧县中医医院努力在党史学习教育中走在前、作表率，把党史学习教育与医疗服务工作紧密结合起来，开展多种形式的公益活动，在为群众办实事解难题中践行初心使命，为党的百年华诞献礼。

从党的百年历史中汲取为民服务的智慧和力量

习近平总书记指出，江山就是人民，人民就是江山。我们党的历史，就是一部党与人民同呼吸、共命运、心连心的历史。澧县中医医院始终牢记总书记的谆谆教导，自觉站稳人民立场，坚持治病救人的业务属性与为人民服务的政治属性相统一来推进各项工作。医院党委书记赵远怀多次强调，党的历史是最生动、最有说服力的教科书，医务工作者要从党的百年伟大征程中领悟共产党人的初心使命，立足本职工作，通过一件件、一桩桩实事好事，暖人心、聚民心、筑同心。自 2 月起，澧县中医医院坚持学史明理，学史增信，学史崇德，学史力行，从学史知史中深化对党的性质宗旨的认识，把对党的爱戴转化为为人民健康保驾护航的实际行动。

在为群众排忧解难中密切党同人民群众的血肉联系

澧县中医医院牢固树立“群众的事、患者的事再小也是大事”的理念，在提供精品服务、提升医疗水平、和谐医患关系等方面聚力用劲，传递着党对人民群众的鱼水深情。

导医分诊真便民。每天一大早，院内的“红马甲”就准时出现在门诊、卡口等关键区域，为前来就诊的患者答疑解惑，并在挂号、登记、分诊、候诊、体检等各个环节提供便民服务，切实改善患者就医体验。医院党委书记和院长带头参与这一便民活动，耐心倾听患者病情，手把手帮助网上挂号，亲自把患者带到不同科室就诊等，展现了中医人的良好形象。针对老年人和识字较少的患者，医院还推行“全程式”就医服务，从“入院”到“出院”全方位全流程为患者提供帮助，切实想群众之所想、急群众之所急。

系统关爱暖人心。医院充分发挥中医注重整体的优势，把看病诊疗和身体保健结合起来，既针对当前病根开出良方，还从健康维护、疾病预防的角度给出健康指导意见，让患者不光治好眼前之疾，还推动他们养成良好生活习惯，做到“未病先防、即病防变、预后防复”。很多患者反映：中医药疗法不是头疼医头、脚疼医脚，而是把人体看成一个有机整体来对症下药，效果确实不错。此外，医院还建立了24小时联系服务患者机制，做到患者随时有问题、主治医生随时做解答，把对患者的跟踪服务、跟踪关怀真正落到实处。健康送到家门口。今年3月份以来，医院开展了多项专题义诊活动，先后深入到澧西街道护城社区、芬司街社区、码头铺镇万家岗村、金罗镇金园村、城头山镇城头山村等基层一线，为老百姓在眼科、疼痛科、老年病科、心血管科、糖尿病科、普外科、泌尿外科等方面提供免费诊疗和中医药养生理疗，惠及群众1 500余人。同时，在学校、公园、社区等地开展养肝护肝、心肌梗死急救等专题讲座，传授保健知识和急救常识，增强群众的“防未病”意识和处理突发病能力。

业务巡讲全覆盖。为提高区域协同救助能力，扩大中医药救治的覆盖面，医院专门成立了业务巡讲团队，历时 1 个月，赴涔南镇卫生院、城头山镇中心卫生院、大堰垱镇中心卫生院、金罗镇卫生院、盐井镇卫生院、王家厂镇卫生院、澧西街道社区卫生服务中心、盐井镇宜万医养卫生院等 8 家集团医疗机构，对医务工作者开展胸痛、卒中等相关业务培训，提升他们的中医业务技能，让因地处偏僻、交通不便的患者能及时接受有效的中医药治疗，保障老百姓的生命健康。

志愿服务心连心。考虑到近年来医院志愿服务成效成果显著、社会反响热烈、群众拍手叫好，院党委研究决定推行医疗志愿服务常态化、系统化、规模化，启动了“魅力中医，与爱同行”志愿服务活动，成立了“医”路同行、“医”心为民、“救”在身边、开心明目、舞动澧州、平安创建、爱心救助七支志愿服务队，陆续深入机关、学校、企业、社区、乡村开展丰富多彩的公益活动，通过健康讲座、义诊帮扶、社区服务、无偿献血、爱心募捐等形式，传递社会正能量，打造澧县中医人亮丽名片。在院党委领导下，共有 200 多名中医人参加了志愿服务活动，发放中医保健教育资料 3 000 多份，组织大型义诊活动 8 次，累计接待咨询群众、帮助进行艾灸等中医保健 1 200 人次，把党对人民的关怀写在了大街小巷里，也汇聚了民心、赢得了群众的一致认可和好评。

以公益服务为抓手共建共创优秀中医医院文化

中医是中国古代科学的瑰宝、中华民族的瑰宝，历来主张悬壶济世，强调“人命至重，有贵千金，一方济之，德逾于此”。澧县中医医院在开展志愿服务时，注重把医德医风融入其中，弘扬“仁、和、精、诚”的中医人价值观，形成了“中医解民疾苦、百姓推崇中医”的良好氛围。院长李松柏介绍，通过志愿公益服务，澧县中医人培塑了关怀患者的仁爱之心、提升医术的精进之心、全力赴救的诚谨之心，真正把中医药学所凝聚的中国哲学智慧转化为扶危救困、安民济民的仁心仁术，推动了医院高质量发展。心系苍生抚百姓，澧县中医人悉心耕耘结出了累累硕果；继往开来再出发，澧县中医人将持之以恒敬佑生命、救死扶伤，不断增强广大人民群众的获得感、幸福感、安全感。

（原载 2021 年 4 月 26 日《常德融媒》，与孙晓芝合作）

75 年辛勤浇灌　75 年花开绚烂

——澧县中医医院 75 年发展纪实

岁序常异，华章日新。今天，澧县中医医院已走过 75 周年光辉历程，几代中医人的披荆斩棘、共同奋斗，医院从无到有，从弱到强，不断发展壮大。在其发展的背后，有过困惑、有过艰辛、有过巨变，但从未停止奋斗的脚步。数千年的中医文化，浇灌着澧县中医医院这朵杏林奇葩。“十四五”期间，开启了医院高质量发展新征程。

沧海桑田　奋发图强　医院迈向高质量发展

医院创建于 1946 年，1995 年经国家医院分级管理评审委员会评定该院为湖南省首批二级甲等中医医院。2015 年 11 月，原国家卫计委副主任、国家中医药管理局局长王国强一行视察澧县中医医院。2017 年 9 月，澧县县委、县人民政府决定县中医医院与澧州医院实行整体融合，并将县人民医院老院区整体划拨给县中医医院。2019 年 10 月 18 日，医院顺利通过省中医药管理局组织的三级中医医院变更设置现场评估。2019 年，医院牵头成立了“澧县中医医院健康集团”，下辖大堰垱镇中心卫生院、城头山镇中心卫生院、王家厂镇卫生院、金罗镇卫生院、盐井镇宜万医养卫生院、涔南镇卫生院、盐井镇卫生院、澧西街道卫生服务中心等 8 家基层医疗机构。医院先后荣获“全国百姓放心示范医院”“全国爱婴医院”“全国基层中医药工作先进单位”“全国第二批县级中医医院服务能力提升500强”等荣誉称号。

几度风霜，几度春秋。医院建院初期只有2幢平房，单设内科和外科两个临床科室，职工50多人。经过75年的建设与发展，医院拥有3幢现代化的住院大楼，1幢行政办公大楼，占地面积50亩，建筑面积约60 000平方米，编制床位678张，实际开放床位800张；在职干部职工872人，具备专业技术人员780人，其中，高级职称88人，中级职称290人。医院设有门诊、急诊、内科、外科、儿科、妇产科等19个临床科室，8个医技科室和22个病区，拥有2个省级中医特色专科，4个省级中医重点专科，5个市级中医重点专科。医院已从建院时期的小儿麻痹专科医院逐步发展成为县域三级综合性中医医院。

医院从20世纪70年代的一台50毫安的X光机、三五台仪器设备、一个普通的手术间，发展到现在拥有1.5T核磁共振、64排128层全原装进口螺旋CT、DR放射成像系统、西门子四维彩超、全自动生化仪、腹腔镜系统、电子胃肠镜、钬激光碎石机、10人双排高压氧舱等大中型医疗设备580余台（件），新修了两层符合国家标准的洁净手术室，一个现代化的消毒供应中心、血液透析中心和健康理管中心。先进的设施设备，为患者撑起一座安全保障的平台。

抓党建引领　坚定理想信念　凝心聚力干事业

澧县中医医院党委把基层党建工作摆在各项工作的首位，加强基层党组织建设，突出全面从严治党主体责任，全面推进支部“五化”建设。医院党委坚持以“党员亮身份”“创建共产党员示范岗”为抓手，充分发挥共产党员的先锋模范作用。组织党员认真学习习近平新时代中国特色社会主义思想理论知识；组织开展以“最美医务工作者”马迎秋、援藏医生舒声勇等身边先进典型为榜样的六项教育宣讲活动；组织党员赴韶山红色教育基地接受心灵洗礼；开展党建知识抢答赛；组织党员前往十八洞村、花明楼、井冈山、芷江开展主题党日活动；组织党员深入机关、学校等开展“现场救护——第一目击者行动”“五进”公益培训活动，开展健康义诊、知识讲座等为民服务活动；深入开展“优秀共产党员示范岗”“优秀党务工作者”“优秀党支部”“优秀共产党员”评选活动。

2020 年，医院被澧县县委党建工作领导小组评为“全县基层党建工作示范点”。2021 年“七一”前夕，内科党支部被中共常德市委授予“常德市先进基层党组织”荣誉称号；医院党委副书记、院长兼任内科党支部书记李松柏和外科主任高阳被中共澧县县委授予“澧县优秀共产党员”荣誉称号。医院隆重召开建党 100 周年庆祝大会，表彰郑飞鹏、孙逢清、陈钢、陈剑、卢小玲、高菊梅、刘丹、向银生、王焕品、张春芳等一批优秀共产党员。

众志成城　抗击新冠肺炎疫情　彰显中医精神

2020 年初新冠肺炎疫情袭来，全体中医人牢记使命，不忘初心，深入防控第一线，以实际行动彰显中医精神，为澧州大地谱写了白衣天使抗击疫情之歌。

按照县委、县政府部署及县疫情防控指挥部下达的指令，澧县中医医院第一时间重启并完善发热门诊，先后 3 批次派出具有丰富诊疗经验的 15 名医护人员进入澧县定点救治医院开展专项救治。

医院设立第二发热门诊，专门处理无外地旅居史及接触史的发热病人。加强医院门急诊预检分诊工作，对在院患者及家属认真开展排查，做好相关防控及宣教，对重点对象实行动态跟踪管理；对新入院患者加强门诊预检分诊和宣教，提高患者及家属的风险防范意识；院外驻扎坚守、院内严防死守，做到医务人员零感染、确诊患者零死亡。

为帮助全县复工复产，医院为 161 家企业及机关事业单位 10 000 多人提供预防新冠肺炎中药汤剂 80 000 袋。今年继续开展常态化疫情防控，加强对重点部门、重点环节、重点人群的管控，落实住院患者、陪护及工作人员的核酸检测，完成高风险岗位的疫苗接种工作。2020 年 12 月，医院党委副书记、院长李松柏被湖南省人民政府评为“湖南省抗疫先进个人”，杨翊武、孙杰丽两位医生被评为“常德市抗疫先进个人”，护士长周院林一家被评为“澧县最美抗疫家庭”。

加强内涵建设　打造品牌　学科建设走向“专精尖”

近几年来，澧县中医医院开展新技术、新项目 120 余项，组织撰写学术论文 300 多篇，开展腔镜手术 2.8 万余台，并聘请中南大学湘雅二院和郑州大学第二附属医院专家团队指导心血管介入技术工作；借助湘中医医疗联盟平台，成为湖南省中医药研究院附属医院肿瘤科定点指导医院；与湖南中医药大学附属一医院等 9 家“三甲”医院和中医健康集团内的 8 家医疗单位结对开展“湘中医”联盟，提升医疗技术水平，推动医院高质量发展。

2016 年，湖南中医药大学附属一医院组织“湘中医”联盟莅临医院心血管科、脑病科（中风）、眼科、风湿病科、骨伤科，联合开展讲学、查房、会诊；医院承办常德市第四届眼科学术年会；加强肿瘤血液科、肝病科、老年病科及重症监护室、心血管介入小组等学科的建设，助推医院的全面发展。2017 年，骨二科成功开展了皮下隧道下脊椎骨折固定术和椎骨成形术。2018 年，眼科开展玻璃体腔内注药术、眼内硅油取出术；介入科开展全脑血管造影 + 左颈内动脉支架植入术；2019 年，泌尿外科新开展腹腔镜下膀胱癌根治性切除术 + 输尿管皮肤造口术；介入科新开展大咯血的支气管动脉栓塞术、粒子植入术等高难度手术。2020 年，疼痛科成功开展首例“颈椎间盘等离子微创消融术”；外二科开展“胰体尾切除术”；2021 年，骨伤一科开展“重型开放性颅脑损伤血肿清除术 + 去骨瓣减压术 + 左手多指刀砍伤清创缝合术 + 指骨骨折克氏针内固定术”。近期，澧县中医医院普外科、骨伤科、急诊、ICU 团队成功救治多起由车祸引起的复合伤濒临死亡的患者，这标志着澧县中医医院综合实力迈上新的水平。

科研教学出成果。2017 年骨伤科和市第一中医院合作参与湖南省中医药管理局科研项目 1 项；2018 年心血管科的科研课题在省青年自然科学基金会立项；2019 年糖尿病科主任贾遇文主持的“自拟方糖贝康口服液配合饮食控制、运动锻炼治疗单纯性肥胖症并糖耐量减低 35 例临床观察”科研项目已结题，实现了医院省级科研课题项目结题零突破；2020 年医院申报湖南省卫健委课题 4 项、湖南中医药管理局课题 5 项，完成 5 项专利申报，促进各学科的建设与发展。

发挥优势　坚持中西医结合　中医药服务特色凸显

“十三五”期间，澧县中医医院经历了二级甲等中医医院的复审，并实现了创建三级中医医院的梦想。近几年来，医院坚持以中医为主的办院方向，注重中西合璧，发挥中医优势病种作用，彰显了中医药特色优势。

2016 年至 2020 年，医院从 18 个病区增加到 22 个病区，每个病区有 3 个优势病种，其中优势病种住院中医治疗率 80% 以上，中药汤剂使用率 80% 以上；每年开展中医特色适宜技术项目达 28 项。进一步修订《澧县中医医院加强中医特色医疗的考核办法及奖惩措施》，并将门诊和病区中医药治疗率、中医病历书写合格率、中医特色疗法开展情况等作为重要考核指标，建立临床科室综合目标考核机制，每月进行考核分析，评价总结，落实奖惩。2017 年《中医药法》颁布实施以来，医院中药炮制加工和传统的特色制剂——麻痹膏得以恢复。

中医特色治疗技术项目进一步拓展。针灸推拿科每年开展“冬病夏治”和“冬病冬治”取得良好效果，前来贴敷的患者门庭若市。治未病科开设的火龙罐、火龙灸、盘龙灸、药物竹罐、刮痧等中医特色技术项目，中医药特色进一步凸显。2021 年医院康复中心开科，开设“湖湘五经配伍针推流派国家级中医传承工作室二级工作站”，传承发展湘西刘氏小儿流派推拿，不打针不吃药，为全县儿童保健提供绿色诊疗项目。

坚持优质服务　弘扬中医文化　塑造中医人新形象

医疗服务事关群众健康和民生福祉。根据《湖南省进一步改善医疗服务行动计划（2018—2020 年）实施方案》，澧县中医医院制订了具体工作实施方案。他们改善服务流程，畅通急诊绿色通道，启动急诊科、ICU、手术室与各病区之间的绿色通道；规范门诊诊区的医疗行为，实现专科诊疗；推行电子健康卡，开通微信支付方式，实行网上预约挂号，诊疗卡自助调取检验报告等新举措，方便患友就诊，缩短就医流程；根据时节变化，调整门诊就医时间，满足上班族就医需求等，深受患者的欢迎。

医院深入开展 6S 精细化管理，规范晨会交接班的议程与内容，交接仪式氛围融洽，医务人员的精气神得到彰显；落实优质服务联席会议制度，开展“十佳优质护理服务之星”“十佳医生”“优秀学科带头人”和“优质护理服务病房”评选活动，营造争先创优的良好氛围。2019 年骨伤一科和脾胃肺病科被常德市卫健委评为“优质护理服务病房”；2018 年至 2021 年，李慧敏、韩露露、龚美静贤等一批优秀护士获“湖南省护士岗位技能竞赛三等奖”和“湖南省优质护理服务先进个人”荣誉称号。

从 2009 年起，澧县中医医院在全县开始试点推广中医药适宜技术，对全县 32 个乡镇卫生院、478 个村和社区卫生室的中医和中西医结合人员进行了 800 人次的系统培训。当年医院利用中医药适宜技术诊治患者达 13 万多人次。目前，医院的针灸、推拿、拔罐、刮痧、熏洗、敷贴等中医药适宜技术推广项目深受广大群众的信任、认知和接受。

从 2017 年起至今，医院以马迎秋主任、李海霞护士长为代表的急救团队常年深入机关、学校、社区、街道开展“现场救护——第一目击者行动”；以张春芳主任、向雅庆护士长为代表的护理团队常年开展“健身气功八段锦”免费培训等公益活动，受深社会各界的好评。2018 年，医院举办首届“中国医师节”颁奖晚会及每年的“5・12 国际护士节”活动，不仅弘扬中医文化，而且凝聚人心、展示中医人良好的精神风貌。

机遇蕴含精彩、创新成就伟业。2021年新一届医院领导班子将带领全院干部职工不忘初心、牢记使命、甘于奉献、勇于创新，以“三级甲等中医医院”创建为目标，不断加强学科建设，全面提升综合服务能力和水平；全面启动三年能力提升工程，加大工作力度，创建澧水流域微创诊疗中心、介入诊疗中心、疼痛康复中心、眼科诊疗中心、胸痛卒中创伤中心、晚血尘肺救治中心、牙科口腔中心、健康管理中心、澧州司法鉴定中心等“九大中心”建设，奋力谱写澧县中医医院新篇章。

澧县中医医院这朵杏林之花必将花期永恒，绚烂永远……

（原载2021年7月1日《常德日报》庆祝中国共产党成立100周年专刊，其标题为《弘扬国粹济苍生》；2021年7月6日湖南省中医药管理局《湖湘中医》栏目转载；2021年8月《大澧州》杂志第4期，其标题为《75年辛勤浇灌，75年花开绚烂——澧县中医医院发展纪实》）

岐黄悬壶　筑起澧州人民“健康大厦”

——澧县中医医院强化专科特色建设纪实

目前，拥有 4 个省级中医重点专科、2 个省级中医特色专科、5 个市级中医重点专科的澧县中医医院，经过 75 年的不断发展，如今已阔步迈入县域三级综合性中医医院。专科建设是医院发展的基础，重点专科水平更是衡量一所医院水平的关键要素，这是澧县中医医院党委一班人的共识。这些年来，医院不断加强队伍人才建设，医疗技术不断创新精进，勇攀医学高峰，不断突破已有的藩篱，消除患者病痛，为医院专科特色建设奠定坚实基础，建设硕果满枝。

建院初期成立的骨伤科，发展至今，不仅治疗骨伤日趋精进，还衍生发展神经外科，成为医院省级中医特色专科。骨一科（神经外科）主任黄爱民介绍，目前仅高血压、脑出血手术一年就 200 多台，而且和传统开颅手术相比，高血压脑出血微创手术治疗一直是该科优势项目。在治疗骨伤方面，手法整骨复位、小夹板固定、膏药接骨……这些中医千百年来广泛使用的传统技术和治疗手段在这里不断丰富成熟。黄爱民表示，小夹板治疗对整骨技术要求高，但相较于手术，治疗周期短、功能恢复好、治疗费用低，不少外地病人慕名而来。此前，安乡县 70 多岁的王奶奶在家不小心摔断了手，当地医院诊断需手术治疗。王奶奶在澧县打工的子女得知情况后，立即把母亲接过来，送进了澧县中医医院骨伤科，采用“小夹板固定 + 中药外敷”，仅住院治疗 3 天就回家休养，节约费用上万元。2017

年澧县中医医院与澧州医院合并，原澧州医院肝胆微创外科团队并入，让澧县中医医院外科如虎添翼。科室在医疗技术、学科建设、优质服务等方面取得巨大发展，科室开展了腹腔镜下结、直肠癌根治术，胃癌根治术，门脉高压巨脾切除、贲周血管断流术、腹腔镜下肝叶切除术、胆总管切开取石术等复杂大型四类手术，特别是近三年胸外科开展了胸腔镜下肺段及肺叶切除手术，肺癌根治术等大型手术。改写了过去该类手术一定要“开膛剖腹”的历史，多项技术目前在常德市乃至全省亦处于领先水平。同时，外科在泌尿治疗领域也突飞猛进，最早在湘西北地区开展泌尿系微创手术超过万例，是中国华北地区泌尿系结石防治基地。针对年老体弱、心肺功能欠佳的前列腺增生患者采用介入治疗，填补了部分不能耐受手术病人治疗的空白。

此外，外科还发挥中医特色，术后采用中医特定穴位刺激，口服中药治疗，促进患者术后功能恢复，平均出院时间提前 2 天左右。现如今，脑卒中已成为中国人第一大死亡原因，我国大约 12 秒就会有一个人患上中风，每 21 秒就有人死于中风。发病后 4.5 小时及时溶栓，90% 患者才不会有后遗症。在脑病科（中风）开展脑血管病的规范化溶栓治疗前，许多脑卒中患者只能赶往常德市城区医院治疗，路程较远，导致许多人延误了最佳治疗时机。

湖南省重点中医专科之一的脑病科（中风）以“中风病（脑血管病）”为重点，近年来主要开展急性脑梗死的规范化溶栓、全脑血管造影、中西医结合中风治疗及预防研究等，让中风患者在家门口就得到及时治疗。今年 7 月，澧县中医医院被授牌认证为湖南卒中联盟单位。2013 年，澧县中医医院迎来一个蓬勃发展期，随着新住院大楼的投入使用，一批新成立的科室担起治病救人的使命。

心血管科就是其中翘楚之一。该科不仅善于运用中西医结合疗法诊治心血管内科常见病、多发病，对于急性心肌梗死等危重病人的救治也有着有丰富的临床经验。

今年年初，家住澧阳街道的孙先生，突然胸口剧痛，全身大汗淋漓，被家属急忙送到医院急诊。医院根据心电图结合症状，判定为急性心肌梗死，立刻通过胸痛中心绿色通道，送入导管室紧急手术，在这场跟时间赛跑的抢救中，患者从跨入医院大门开始计时，到接受手术治疗，仅仅用时45分钟，远远高于国家关于心肌梗死介入手术90分钟“金标准”。

生命的奇迹，在医院经常发生着，但奇迹的背后，是对医技水平的不断提高。澧县中医医院在常德市县级中医医院中最早成立重症医学科、急诊科，自2013年开科以来，已收治了2万余例的危急重症患者。

重症医学科主任马迎秋略带骄傲地表示，经他们抢救的危重病人，成功率在90%以上。“一位从广州转回来的重度胰腺炎患者，治疗一个月后康复出院。还有在长沙被诊断为不可救治的患者，也是在我们这里治好的……”

马迎秋说起治愈的例子如数家珍，这些不仅是生命的奇迹，更是这个科室医术精湛的佐证，8年来，经过团队的不懈努力，重症救治水平在县级医院处于领先水平。

急诊科副主任孙波告诉记者，该科是县级医院首个传统医学与现代医学相结合，具备完整的一套“院前急救—急诊急救—急诊监护”现代急救医学服务体系的专科。急诊科对医护人员的业务能力要求高，需要他们对急症反应迅速、判断准确、抢救及时。开科至今，面对各种中毒、严重创伤、休克的患者，医生都在最短时间内掌握病情并及时做出处理，挽救了不少人的生命。这么多年，澧县中医医院学科不断创新，医术不断精进，始终不变的，唯有为患者服务的初心和中医特色的坚持。

针灸推拿科是该院传统中医学科，在治疗慢性疾病上颇有成效，特别是近年来中老年人高发的肩颈腰腿痛、失眠等疾病，更是有独门绝招。针灸推拿科主任戴平说，目前，像肩颈腰腿痛这类病症大多不能根治，但中医针灸、推拿等治疗方法却能让患者的症状得到很大缓解。此前，50多岁的王女士患颈椎病伴头疼10余年，后期发作频次越来越多，剧痛难忍。王女士辗转多次求医，后来在针灸推拿科进行针灸治疗，症状完全消失。如今，已经过去一年多了，王女士身体状况良好，病情未复发。

2019 年，国务院印发《关于实施健康中国行动的意见》，强调从注重“治已病”向注重“治未病”转变。而早在 7 年前，澧县中医医院就提出“未病先防、既病防变、愈后防复”的治未病理念，并迈出了坚实的行动，设立了治未病科。

近年来，治未病科与医院健康管理中心合作，针对全县体检出来之后的一些亚健康人群，均以中医的理念对其采取干预措施。随着老龄化的加剧，2020 年底，澧县中医医院腾出急诊大楼第 10 层（原手术室），投资 300 多万元，购置国内尖端仪器，引进康复专业人才，筹建康复科。今年 6 月 1 日，正式开科。在这里，康复不是简单的针灸推拿，也不是养老照护，而是让患者生活得更有质量、更有尊严。

从言语不清到吐字流利，从行走不便到生活自理，越来越多这样的患者在这里康复出院。和传统疗法相比，中西医结合的康复疗法治愈率更高，患者更满意。

岐黄传薪火，悬壶济苍生，澧县中医医院坚持中医为主、中西医并重的办院方向，在澧州大地筑起了一座守护人民群众生命健康的大厦。

（原载 2021 年 8 月 19 日《常德日报》，与记者郭学薇合作）

志存高远　胸怀中医发展大局

——专访澧县中医医院党委书记赵远怀

岐黄之道，源远流长。澧县中医医院坐落在澧水河畔，城头山旁。澧县中医医院是澧县人民政府所办的一所非营利性事业单位，实力雄厚。该院始建于 1946 年 3 月，2019 年 10 月经省专家组评审，省中医药管理局批准设置为三级中医医院。

赵远怀，1998 年毕业于湖南师范大学医学院，副主任医师，历任澧县卫计局医政股股长、澧县人民医院急诊科主任、门诊部主任、副院长，2020 年 12 月任澧县中医医院党委书记。他的从医生涯经历了“非典”“手足口病”和“新冠肺炎”疫情防控工作，先后获澧县人民政府嘉奖、5 次记三等功、2 次获澧县“十佳医务工作者”和“十佳优秀共产党员”、1 次获澧县“十大廉洁模范”等荣誉称号。12 月 16 日，记者一行走进澧县中医医院，就医院的发展对赵远怀进行了专访。

《法制周报》记者：作为澧县中医医院的新一届党委书记，请您介绍一下，在“十四五”期间，医院的发展目标是什么？

赵远怀：医院党委始终把党的政治建设摆在首位，推进党委领导下的院长负责制。经党委研究制定了《澧县中医医院十四五发展规划纲要》，总体目标：一是 3 年内医院成功创建三级甲等中医医院，实现在澧水流域“中医实力领先，西医引领潮流”的基本目标；二是到 2025 年，医院成为湘西北地区具有绝对影响力的现代化中医综合医院，并力争进入全国百强中医医院。

《法制周报》记者：针对医院的建设与发展，推出了哪些新的举措?

赵远怀：从2021年起决定开展《能力提升工程三年行动》。我们紧紧围绕医院管理、技术能力、优质服务等方面找差距，不断完善医院内涵建设，提升医疗服务能力，逐步建立健全医院精细化管理长效机制。

《法制周报》记者：您上任一年有余，具体做了哪些工作?取得哪些明显成效?

赵远怀：今年医院按照《2021年澧县中医医院工作计划》，具体做了以下八项重点工作。

一、加强党建和意识形态工作，全面落实党委领导下的院长负责制。坚持以党建为引领，加强政治忠诚教育，让每一名职工在践行为人民服务的宗旨上，做到思想上真通、实践上笃行，对医院微信工作群、企业微信群进行实名制管理；今年医院采取理论中心组学习、微党课、主题党日活动、参观红色教育基地等形式，传承红色基因、赓续精神血脉，还创造性地开展“党建+”有益探索，实施了“党建+抗疫”“党建+学科建设”“党建+健康澧州”“党建+乡村振兴”等活动，激发干部职工的工作热情。在建党100周年之际，医院表彰10名优秀共产党员、“十佳医生”“十佳护士”，黄道协等14名老党员获“光荣在党50年”纪念章；内科党支部被常德市委授予“常德市先进基层党组织”荣誉称号，李松柏和高阳被中共澧县县委授予“澧县优秀共产党员”荣誉称号。

二、新冠肺炎疫情常态化防控工作常抓不懈。我们重点落实“四查一询”、核酸检测、发热门诊管理、病陪人管理和院感防控等工作，抽调人员开展全县疫苗接种3万余人次，选派儿科专家参与3—12岁儿童疫苗接种医疗保障工作。成立一批核酸外采志愿队到隔离点采样3 000份，为全县高新区企业职工、救援队队员等熬制配送中药预防汤剂6 000余袋。

加强疫情防控督导检查，共筑疫情防控坚固屏障，做到防控到位，守土有责，坚决做到医务人员零感染，确诊患者零死亡。

三、加强医院内涵建设，能力提升工程见成效。一是建立现代化的医院管理制度。年初出台《二层骨干任用、管理考核及退出制度》等相关文件，对各级各类人员进行考核、实现量化管理。同时实行薪酬制度改革，提高工作效率；二是实施人才立院战略。招聘专业人员29名，其中研究生9人，10人获副高职称以上的资格。医院还通过“送出去、请进来”等多种途径进行人才培养，收到较好的效果；三是实施科室整合，推动学科建设。先后完成了急诊科与重症医学科整合，成立全县120指挥中心分站；针灸推拿科与康复中心的整合；脾胃肝病科、血吸虫病科的整体扩容；疼痛科、介入科单独开科；重点培养40岁以下的学科带头人及青年骨干，开展“西学中”培训，顺利通过了湖南卒中联盟单位的认证和胸痛中心创建工作；四是加强信息服务能力建设。成立病案信息数据中心，投资800万元开展智慧医院建设和信息系统整体进行升级，信息化建设实现规范化、标准化和科学化管理；五是抓核心制度落实，规范临床路径管理，不断提升综合救治能力；六是推进优质服务。开展优质服务之星和优质服务科室季度评选活动，鼓励争先创优，营造“比学赶帮超”的服务氛围。

四、发挥中医“龙头”作用，中医药特色凸显。开展刮痧、拔罐、火龙罐、盘龙灸等中医特色技术项目，扩大中医的影响力，全院19个病区实行3个优势病种以上的中医诊疗方案全覆盖，开展中医特色护理技术项目达20余项；积极申报院内制剂品种备案，甘砂丸等六个品种已经进入工艺研究阶段；运用中药外敷疗法、熏蒸疗法等改善患者肢体功能障碍，提高生活自理能力，效果显著；运用刘氏小儿流派推拿，对治疗儿童发热、厌食等疾患有绝佳的疗效；组织专业队伍分赴健康集团成员单位大力推广中医药适宜技术培训，助力中医医疗服务惠及百姓家庭；在微信公众号推介中医养生、健康科普等知识，与县电视台合作开办《中医名家话健康》栏目，深受社会各界的好评。

五、夯实基础设施建设，为今后发展增添后劲。去年投资400多万元，配备高端康复设备，将原手术室改造成康复中心；投资 1 200 万元改造全省一流的重症监护（ICU）病房；原县疾控中心升级改造即将投入使用，经过改造后的口腔医学中心、健康管理中心、治未病中心、远程会诊中心和国医馆，将进一步提升医院的综合服务能力。

六、紧密联系，履行职责，引领集团共提升。医院选派 3 名中层骨干到医共体成员单位任职锻炼，落实基层首诊、分级诊疗、急慢分治、双向转诊的诊疗模式；以胸痛、卒中中心建设为契机，持续落实医疗资源“三下沉”原则，组织集团成员单位开展业务培训；完善急诊急救网络体系建设；与各成员单位紧密联系，定期就管理、业务等工作深度交流，促进基层医疗能力不断提升；积极开展中医基层指导，助力中医医疗服务惠及百姓家庭；组织专家巡诊巡讲活动，提高对常见病、多发病的诊断能力。

七、科学合理，统筹统安排，完成其他中心工作。组织百人合唱团代表卫健系统参加全县建党 100 年庆典活动，在医院内部开展“庆祝建党 100 周年暨党史知识竞赛”“庆祝 5·12 护士节暨护理三基知识竞赛”“庆祝第四届中国医师节”、医院首届职工运动会等；作为盐井镇新华村后盾单位，常年选派 1 名驻村书记开展乡村振兴工作，并组织 5 名党员干部下到盐井镇新华村开展帮扶工作。团委、工会等部门联合开展“我们的节日”等下乡活动；医院的平安创建、扫黑除恶、法治建设、国卫复审、精神文明建设等工作稳步推进。

八、整章建制，廉洁自律，建设“清廉医院”。出台《澧县中医医院门诊管理办法》等相关文件，开展“私自收费、违规参与销售货物专项整治”工作，清理违规销售药品 65 个品种、违规销售耗材 35 个品种。召开大会启动“清廉医院”建设三年行动计划，持续开展不合理医疗检查、不合理用药、不合理用材专项治理；对违反医保政策的进行查处；扎实推进行业乱象整治；加强重点岗位、重点人员、重点药品和高值耗材监督管理。目前，医院药品占比为 25.60%、百元医疗耗材占比降为 19.83%、住院收入增长 12.28%、平均住院日降为 7 天、人员支出占比达 42.24%。门诊就诊次均费用、住院次均费用较去年下降，五项医改指标均低于规定标准。

《法制周报》记者：在今后一段时期，澧县中医医院的建设与发展还需要做哪些前瞻性工作?

赵远怀：展望未来，任重道远。我们力争3年内成功创建三级甲等中医医院，成为湖南中医药大学的附属中医医院。继续完善院内基础设施，打造具有中医特色和现代化气息的健康管理中心、治未病中心、口腔医学中心和国医馆；建设现代化康复理疗中心及全县规范化区域病理诊断中心、检验中心、影像诊断中心、消毒供应中心；扩建重症监护室，更新并完善ICU设施、设备，成立全县创伤救治中心、传染病救治独立科室，完善公共卫生体系建设。加强人才队伍建设，建成科学合理的人才梯队。制订《医疗质量纠纷管理办法》，落实18项医疗核心制度，确保医疗安全。以“五大中心”为抓手，加强神经外科、脑病科（中风）、骨伤科、心血管科、肿瘤血液科（介入）、眼科、肛肠科、儿科等重点专科的建设，力争再创建1—2个省级重点专科。加大中医药诊疗技术的引进与应用，寻访、挖掘、整理民间确有特效的偏方、验方，引进、吸收确有专长的中医药优秀技术人才，拓展中医治疗项目。大力发展院内制剂，力争5年之内取得院内制剂备案批文10—20个，建设标准化制剂室，为临床提供质量可靠、疗效确切的制剂品种，形成中医特色鲜明、疗效显著的医防融合优势。力争2025年全院病区护士与实际开放床位比不低于0.5∶1，重症监护病房护士与实际开放床位比不低于1∶2.5—3，每个护理单元至少有3名专科护士。发挥中医特色优势，加大中医技术的投入，强化护士激励机制，在具备一定影响的前提下开设单病种中医特色门诊，开展互联网＋护理服务。树立医院文化品牌，充分体现公立医院公益性。深入开展志愿服务活动，继续开展好“中医中药澧州行”“健身气功八段锦”“耳穴疗法”“现场救护——第一目击者行动”“五进”公益活动。继续做好卫生健康公益日健康宣传活动，普及卫生健康知识。全院范围内开展优质服务，在全社会形成“信中医、爱中医、用中医”的浓厚氛围。

（原载2021年12月18日《法制周报》，与滕健合作）

景映洞庭楚天高

——写给用勤奋书写不俗人生的战友张景高

◎ 四川南充市　邓学龙

2020年的五一小长假，景高兄的个人作品集《五色海》正静静地躺在我的案头，尽管已经阅读过数次，尽管不像名人名著那样脍炙人口、经久不衰，但是正因为是战友之作，细细品读，却也历久弥新、经久弥香。正在对景高兄的成就心生羡慕之时，他又给我发来即将出版的新闻作品集《足迹》的PDF文档，这就难免让我有点儿心生嫉妒了。玩笑了，玩笑了。

景高兄新著新闻作品集《足迹》，通过从部队转业回地方后，仍然笔耕不辍，主要运用消息和通讯的写作手法歌颂澧县中医医院不同时期的丰功伟绩，更是颂扬白衣天使的奉献与执着……

景高兄在部队当过战士报道员。有过军旅生活的人都知道，一个能写新闻报道的人，即便是一名普通战士，在连队是多么受人尊重。当一篇反映连队的新闻稿见报，特别是能登上军区、军兵种报纸甚至是《解放军报》的大雅之堂，这对连队每一个官兵都是莫大的荣耀，也许只有几百字，甚至几十字的“豆腐块”文章，那也要你传我、我传你，一遍又一遍地阅读，连队领导还会组织全连学习。这时，文章的作者自然成了大家心目中的英雄：领导表扬、战友羡慕，还会享受一些特权：譬如可以在战友羡慕甚至嫉妒的目光中到连部、营部独享报刊，用机关的电话跟媒体联系等，说不定一篇小“豆腐块”或许会改变你的人生轨迹。在特别重视人才的军营里，这类“写手”总要成为“香饽饽”，如果有幸被上级看中，就会高升一步，成为机关报道组的一员。此后，可能还有更好的发展。

当然，鲜花总是伴着汗水开放的。要走出这条让人羡慕的人生轨迹，没有一点“为稿消得人憔悴，衣带渐宽终不悔”的精神是无法完成的。曾经在南海舰队从战士报道员成长为新闻干事的我，对这些经历中的酸甜苦辣深有切肤之感：找不到新闻线索的苦恼；写稿“难产”时的折磨；稿子投出后的期待；稿子“石”沉大海的苦闷；稿子见报后的欣喜……即便是此时此刻，在远离大海涛声的四川南充市，我翻阅景高兄的书稿，复又回想起那一段“稿来稿去”的时光，仍让我思绪万千、心潮难平。因此，读着景高兄的新闻作品集《足迹》，深层次隐藏着景高兄成长的个人足迹，回忆我们的“写之初”，又见那椰树下一个长长的影子，那海滩上一串深深的足印，仿佛共鸣着一个水兵记者的写作心声。

我与景高兄是在南海舰队同期服役的战友，他比我早一年当兵，我们认识时，同在一个团部政治处当战士报道员。当时团部政委林延河组建一支新闻报道员队伍，战友高立东任组长，我们几个为成员，负责水工大队的新闻宣传工作。那时我们的使命感、荣誉感都很要强：觉得林政委把你挑选到机关，专门为你一个战士设个办公室，为你腾出时间采访、写作、上稿，部队稿纸随你用，柯达富士胶卷由你买，你却一个月上不了几篇稿，部队官兵火热的训练、战备任务，你宣传不出去，你好意思吗？所以那时我们俩都是拼命三郎，每天白天下基层、进连队、登舰艇刨“根”问底采访，晚上就在灯下冥思苦想、字斟句酌、全神贯注、奋笔疾书，稿件见报率倒也没有让首长们失望。很多个夜晚，我们俩要么顶着月光，坐在椰树下的马扎上，要么沐着海风，徘徊在军港码头上，谈稿件，谈理想，谈对未来的盘算，也谈各自家乡风土人情、学生时代、女友爱情，可谓是无所不谈，有时是“吹得唾沫横飞，抹掉重来”。现在想来，那是一段“军袍瑟瑟随风起，步履铮铮破天明”的军旅生活，那也是一段“仰天大笑出门去，吾辈岂是蓬蒿人”的青春时光，那更是一段“桃花潭水深千尺，不及景高互帮情”的战友情谊！但是俩人之间时时也有一番暗中的较劲和比拼：比谁的见报率更高，比谁见报的稿件篇幅更长，比谁的见报位置更重要……比学赶超之中更多的是互帮互学，我们都因为新闻报道成绩突出，前后入党、立功，并被组织选送到海军机关报《人民海军》报社学习，后来他改选士官，我提了干、上了军校，回来担任团部的新闻宣传干事。

作为战士报道员，稿件见报的瞬间很激动人心，也很引人注目，但从采访到构思到写作到打磨，姿势却并不壮观：它需要我们把头埋得更低，眼神凝得更专注，思维在想象的天空中翻着跟斗，钢笔在稿纸上搏命狂奔，豆大的汗珠不时从额头滚落。

写作的过程实际上是一场自己与自己交锋的内心战争。肯定、否定、再肯定、又否定……抓耳挠腮，愁眉苦脸，长吁短叹，熬红了双眼，捻断了胡须，坐烫了板凳，冷落了旁者。终于，在经历漫长而锥心的阵痛之后，迎接你的恰似一抹穿过阴霾的阳光！

在勤奋的写作中，景高兄日渐领略到文字的“快感”。他的写作水平实现了从臃肿到丰满、从晦涩到含蓄、从芜杂到复杂的嬗变，才恍悟原来文章的高低取决于思维水平的高低，而思维水平的高低则取决于思维结构程序优化到什么程度，优化的程度越高，思维的空间就越大。这就如同音乐一样，虽然只有简单的七个音符，但在真正的艺术大师笔下，却可以排列出最优美的乐章。

再后来，他作为士官，服役满12年后，于2001年转业回到他的家乡——北连长江、南通潇湘、西控九澧、东出洞庭，自古素有“九澧门户”之称的常德市澧县。再次联系，是因为有位当年一起摸爬滚打、熬更守夜搞新闻的“乐事者”拉了一个微信群，就这样，一传两，两传三，大家才相互联系上。当夜，我俩一加上微信，彼此就迫不及待地神吹了半个多小时，真是“不说不知道，一说吓一跳”。时隔20年，这“家伙”居然还在搞新闻，还沉寂在孤灯之下，还游弋在素笺之上，还津津有味地在方块字之中乐此不疲，而且还搞得有声有色，搞得风生水起。

时隔15年，2016年国庆节，我和他在澧县重逢，俩友把酒话往事、聊近况。他转业安置时一不找关系托门路，二不送礼金塞红包，就凭自己几大本厚厚的剪报本和一摞摞获奖证书作为“敲门砖”，被安置在澧县中医医院工作。我得知：他除了那段蓝色时光在《解放军报》《人民海军报》《战士报》《南方日报》等数十家报刊发表新闻作品、诗歌近800篇之外，回到地方后，采访撰写的通讯《挽救那如花的生命》《相濡以沫六十载》《破茧化蝶　香溢杏林》等作品发表于《湖南日报》《大众卫生报》《常德日报》《常德民生报》，通讯《光明使者》还被中央主流媒体转载，报告文学《生命至上　用实际行动诠释“硬核”担当》先后刊登在《城头山视窗》等杂志。这些年，我们能够通过报刊看到澧县中医医院的巨大变化，如通讯《杏林翘楚铸辉煌》《75年辛勤浇灌　75年花开绚烂》。景高兄最擅长人物通讯，《医者仁心为人民》《用心血带好团队，用心灯点亮患者》《匠心良医》《重症监护室里的“追光者”》《松柏之志　让国粹绽露芳华》《志存高远　胸怀中医发展大局》，等等。景高兄获《常德日报》“十佳优秀通讯员”，多次被市县评为先进个人，多件作品获奖。加入了常德市作协等文学团体，而且活跃其中。

在战友新著即将出版之际，作为一个与他一样，蓝色血液曾经一起澎湃的水兵报道员随手洒下这些文字，为回味，为期待，亦为共勉。愿景高兄这个曾经的水兵，继续用大海般深邃的目光深入发现生活，多思勤写，用智慧描绘生命画板，用勤奋书写不俗人生，用汗水浸润青春旅途。他的人生不一定高光辉煌，我相信却一定充实无悔！

2020年5月28日

（作者系原海军南海舰队某部战士报道员、新闻干事，现为四川省南充市政协副秘书长，南充市作协会员，有数件作品获国家、省、市大奖，著有军旅个人作品集《水兵回眸》）

后 记

新闻作品集《足迹》经过一年多时间收集整理即将付梓出版，这是继2015年《五色海》之后的又一本公开出版的作品集，实属不易。

“学会文武艺，货卖与国家。”高中毕业，投笔从戎，在部队从事新闻报道工作。2001年转业分配到澧县中医医院工作至今，一晃竟有二十余年，时光匆匆流淌，感慨万千。

“院兴我荣、院衰我耻；以院为家，荣辱与共”是我在医院工作中的人生感悟，并为之努力奋斗。纵观澧县中医医院的发展史，忆往昔，艰苦创业，杏林翘楚，小儿麻痹享誉东南亚；看今朝，欣欣向荣，名医荟萃，“三甲”摘桂惠澧州。

沧海桑田，筚路蓝缕。澧县中医医院发展至今，可大致分为四个发展时期：一是老前辈贺家海先生创建小儿麻痹症专科医院；二是叶祚栋先生将二级甲等中医医院发扬光大；三是滕自觉先生成功创建三级中医医院；四是赵远怀书记、李松柏院长带领全体中医人奋力创建三级甲等中医医院，再造医院新辉煌。我们完全有理由相信，澧县中医医院创建“三甲”一定会成功！同时它向世人昭示，澧县中医人的明天一定会更好。

新闻作品集《足迹》，是“十三五”期间和“十四五”初期撰写的主要作品。虽然不能全部展现澧县中医医院白衣天使的风采，但足以说明澧州中医人“化茧成蝶”的大蜕变，窥一斑而见全豹。

在写作的过程中，作品力求达到“为稿消得人憔悴，衣带渐宽终不悔”的精神境界。为此，以斗室为居、以键盘为伍、以孤独为伴、以清贫为乐，时常忙碌至深夜，虽心力交瘁，鬓发斑白，但这其间的酸、甜、苦、辣只有天地知晓，自己无怨无悔。

辛苦归辛苦，但乐在其中。非常感谢澧县中医医院几任领导的百般关心与大力培养，如果没有他们给自己一个发展的平台，也不会有今天的进步。新闻作品集《足迹》在出版的过程中，得到了省中医药管理局有关领导和澧县中医医院党委“一班人”的鼎力支持，在此深表感谢！同时，也得到了昔日部队首长、战友和澧县文联领导、文友的大力帮助，一并表示衷心的谢意！

热爱是最好的老师。唯有勤学苦练，汲取“营养”，眼观六路，耳听八方，笔耕不辍，才能胜任新闻宣传工作。有的人名扬四海，誉满天下；有的人却老骥伏枥，壮志凌云；但我不求名利，只追求一份清贫、一份慰藉。有梦想就有追求，有追求就有拼搏。闲暇之时，也创作一些文学作品，时有发表。在“十五五”期间，打算出版个人诗集《七彩云》，以飨读者，此生足矣。

作者在医院工作二十余年，参与或目睹了医院建设与发展，本书取名为《足迹》，主要是彰显几十年来澧州中医人一步一个脚印，一年一个变化，踏踏实实、实实在在，努力工作。同时，也折射出这些年来作者的人生轨迹：生命不止，奋斗不息。有梦想就会有追求，继续为之奋斗，愿与大家共勉。

疏慵愚钝，墨守成规实乃人生的一大缺点。新闻作品集《足迹》在写作过程中难免出现一些纰漏和不足，望批评指正。

张景高

2022 年 5 月 1 日